旅食集

戴新伟 著

河南文艺出版社
·郑州·

图书在版编目(CIP)数据

旅食集/戴新伟著. —郑州:河南文艺出版社,2016.12
(采桑文丛.第1辑)
ISBN 978-7-5559-0449-6

Ⅰ.①旅… Ⅱ.①戴… Ⅲ.①随笔-作品集-中国-当代 Ⅳ.①I267.1

中国版本图书馆 CIP 数据核字(2016)第 285144 号

选题策划 陈 杰 李勇军
责任编辑 李勇军
书籍设计 刘运来
责任校对 殷现堂
题 签 王贵忱 白谦慎
插 图 吴 慧

出版发行 河南文艺出版社
本社地址 郑州市鑫苑路 18 号 11 栋
邮政编码 450011
售书热线 0371-65379196
承印单位 河南省瑞光印务股份有限公司
经销单位 新华书店
开 本 787 毫米×1092 毫米 1/32
印 张 7.25
字 数 101 000
版 次 2016 年 12 月第 1 版
印 次 2016 年 12 月第 1 次印刷
定 价 28.00 元

旅食集

题 子居谨

旅食集

白謙慎題

作者简介

戴新伟，诗人，书评家，编辑。1978 年生于成都近郊，2004 年出版散文集《水红色少年》（四川大学出版社），2015 年出版文学评论集《许多张脸，许多种情绪》（安徽教育出版社）。长期关注文化、书业和艺术品收藏动态，诗歌及散文作品散见于《南方都市报》《中西诗歌》《书城》《21 世纪经济报道》《新京报》和《东方早报》。2004—2015 年工作于南方都市报文化副刊部，现供职于艺术品藏拍机构。

目录

辑一

辑二

辑三

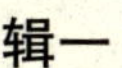

萧军在延安

“对自己的人也不要脱下掩心甲”

1949年下半年，文艺理论家胡风在北平参加第一次文代会、全国政协第一届会议期间，在写给梅志的家书中，将周恩来称为“父周”，将周扬称为“子周”。那时候周扬是负责文艺理论的总管，地位可知。从这个绰号里还可以看出胡风的“不平衡”，他的心态、性格都在家书里表露无遗。

周立民在长文《洁白的心房充溢着新生的恩惠》中，正是结合胡风同时代人的言行进行参照对比，他选择的另外两位是巴金和萧军。针对他们在 1949 年前后这个转折的年代里的各自表现，发掘其心曲，让这三位文坛巨匠的未来都透露先声。

在这三个人中，萧军的遭遇一直不太为人所知，他被文学史特别记住的是什么呢——东北作家群？“鲁迅的忠实门徒”？“萧红的丈夫”？

事实上，在胡风郁闷的时候，萧军早就开始了边缘化的生活。他甚至没有能出席第一次文代会，他在延安的熟人周扬、丁玲、艾青……政治待遇都比他高太多了。周扬、丁玲等文艺界领导人在畅谈文艺理论，平民萧军只有在下面发牢骚。他的个人生活更加困顿。无可奈何之下，1952 年 6 月 25 日萧军致信中共高干彭真请求帮助：

> 今年我不预备再写什么了，想寻些工作做。不知在你们市府范围内，是否可代寻一工作？我除开可作语文教学工作外，如军事研究（我住过讲武堂）、武术研究（我曾学习过相当时期，现在还未扔下）、古物研究（我来北京后对于碑帖、瓷器、印章收集了一

些，也继续深入研究了一番，甚有兴趣）、京剧研究等工作，我全可以参加。

萧军的一生，经历复杂，身份复杂，他是军人、编辑、作家、出版人、医生、文物专家。因为时代的因缘际会，他也是历史的见证者。当我们长远地看他的一系列经历时，就会发现，这个人所遭受的挫折与不公，远远不止这个转折年代。要了解这个人，其日记是一大关键。

日记在《萧军全集》（华夏出版社2008年版）中有刊载，而后所出的香港牛津版两卷本《延安日记1940—1945》更是一个很好的研究样本，从中更能了解萧军的性格、人格以及与整个左翼文坛的冲突，与权力的冲突——这无疑也是自延安时期之后他的人生的主要冲突，既包括了他为何要向彭真这样的高干求告，也包括了他与丁玲、周扬、艾青等人的恩恩怨怨。

萧军疾恶如仇，且不畏权势，即使是在革命圣地延安。流浪的经历让他并不害怕冲突，而且也不害怕使用暴力。在1942年延安文艺座谈会之前，从1940年8月开始，到 1941 年夏天和毛泽东建立联系，萧军过了将近一年备受夹磨的日子。他作为进步的左翼作家，来到革命圣地，却对很多人很多事都看不惯，对以革命为名的各种特权、官僚化深恶痛绝但又没有办法。他的大女儿萧歌在保育院受到的对待尤其让他接受不了。于是，他便不断地和那些基层的办事员甚至是红小鬼起冲突。家庭生活也让这个专业作家不省心，当时他和王德芬刚结婚不久，也多有摩擦，日记里充满了他的怨诉。

在这个时期，萧军和不少左翼作家还相处甚安。那时他经常和丁玲聊天，深入地谈文学，交换彼此的看法，包括政治上的、对延安周遭的看法。两人一度很亲密，走得很近。但当丁玲通过了党的考察，将被接收为党员时，两人的关系渐渐淡了下来，并且后来在文学理论、文学政策上不时擦枪走火。

刚到延安的萧军满腔抱怨，日子过得很差，精神也很差，于是写日记便成了一种宣泄，同时也是一种自我激励。这是萧军一个特别的地方。读他的日记几乎可以看到这个人，鲜活、直白、真实。他更记录了他的梦想、宏愿

（尤其是文学上的），还有无数的家庭零碎事，友朋之间的交往包括交恶，有些充满了个人看法，剑拔弩张，而有的则公正厚道。他先后与一些熟人、挚友翻脸。不知出于什么原因，艾青是他非常反感的一个人，几乎没有什么好话。相比之下，与张仃算是摩擦最少的。他尤其看不起艾青的诗歌。“艾青的诗是水掺得太多的酒。”他这样断言。然而令人遗憾的是，虽然萧军同样写出大量的诗歌，对自己的文学期许极高，但他的作品流传开来的相当少，反而是艾青的诗歌一直脍炙人口。

1952 年他向彭真求助，那是因为延安时期他在毛泽东那里认识了彭真，两人一直保持着良好的关系。他和中共高层多有接触，且在日记里留下了白描式的观感，他说林彪看上去“不寿”，但农民出身毫无知识分子趣味的朱德让他吃惊又感动，花了很多笔墨去描述这个忠厚的人。他也详细地记录了见毛泽东的经过，记录了他眼中的毛泽东和江青，以及他们的关系。但萧军日记里最主要的并非这些掌故式的东西，或者说最有价值的是他始终独立的个人主义，即使受到无数次攻击也不改其志。

他的日记是那个时代少有的知识分子心曲——在经过不断大浪淘沙的20世纪,文字上已经少有这样的"薪火相传"了。

萧军看不惯文艺工作者与党员之间明显的待遇差异,更看不惯那些没有什么文艺见解、习惯于颐指气使的官僚,他径直呼之为"小党人"。在他眼中,小到势利的红小鬼服务员,大到如刘白羽、艾思奇、胡乔木,都是这样的人。同时在文艺工作者内部,也充满了不同的见解、不同的理论,更有各种各样的文人习气小道消息,这让生性刚烈的萧军如何不去斗争,更何况他一直以鲁迅的门徒自居,一心想在延安兴起舆论,将鲁迅精神发扬光大。

这个时期的萧军作为矛盾的集聚,集中体现了那些隐藏的人和事,他是一个值得注意的标本人物。遗憾的是,像他这样的人是极少数。

甚至可以说,萧军身上一直体现着自由作家与政治身份之间的矛盾、冲突,即使在后来他受到了毛泽东的召见,即使对党政的了解更多更透彻,但终其一生,萧军都是体制外人士,并且为自己的看不惯、敢言和坚持己见吃尽了苦头。

必须这样来看待他 1941 年的经历。

“很少敢于放下格斗的剑”

1941 年 7 月 8 日萧军在日记里写道:“决定了,给毛泽东去一信,请他约定时间和我作一次谈话。”次日他便收到了毛泽东秘书胡乔木的回信,告诉他可以将意见写出寄给毛泽东。此后他陆续写了两封信给毛泽东。到 7 月 18 日,萧军终于收到胡乔木的信,“说毛泽东约我谈话”。萧军详细地记录了他和毛泽东见面的情形。毛泽东和他谈到了鲁迅,但更多的是当时共产党的各种政策在文艺界的反应,这是两人都关心的。萧军向毛泽东谈了自己的看法,包括作家在延安的境遇,共产党工作的不足。他长久以来在延安的郁闷得到宣泄。据日记所载,他对毛泽东的印象极好。此后毛泽东也写信给他,8 月 11 日还回访萧军,在萧军住的窑洞里与几个文艺工作者一起畅谈。

日记中全录了毛泽东8月2日来信：

延安有无数的坏现象，你对我说的都值得注意，都应改正。但我劝你同时注意自己方面某些毛病，不要绝对地看问题，要有耐心，要注意调理人我关系，要故意的强制的省察自己的弱点，方有出路，方能“安心立命”。否则天天不安心，痛苦甚大……

萧军的回信也有存底，也颇有价值：

“缺乏耐心”，“走极端”，不善于调理“人我关系”等等，这怕是我半生来在家庭在社会……碰钉子原因的大部分。因为钉子碰多了，就有了硬壳，因为被误解被伤害太多了，就容易神经过敏，甚至总要防着每个人，很少敢于放下格斗的剑！

在当年12月31日的日记总结中，萧军列出“已做的事”，第七条是：

和毛泽东谈话近六七次，讨论党内外等关系，接着组织部就开始调查等工作，此影响甚大，改正了党内一些上下不通以及官僚主义作风。有多少被怀疑的人被理解了。我自问这是我很重要的工作之一。

从1941年年中到次年，萧军及其他文艺工作者与毛泽东等党内高干频繁接触，在萧军等人是反映情况，而在共产党则是调查研究，掌握情况：如何对待文艺工作者，如何制定文艺政策。到1942年延安文艺座谈会的召开，萧军都起到了很大的作用。比如1942年4月13日毛泽东致信萧军就提到“前日我们所谈关于文艺方针诸问题，拟请代我搜集各家的意见”，而延安文艺座谈会的召开“也是自己这二年来，间接直接工作出来的结果，我可以如此说”。（5月2日日记，当天第一次座谈会召开。）到5月底，第三次座谈会上毛泽东发表了总结讲话，后来第一次与第三次会上发表的“引言”和“结论”，合称为《在延安文艺座谈会上的讲话》，成为半个多世纪以来文艺工作者的金科玉律。

尽管萧军清醒地认识到延安文艺座谈会的召开有他的努力，但对于这次文艺政策的方向、共产党的出发点在何处，他未必十分清楚。从他参加会议的发言来看，不仅格格不入，而且引起了广泛的争论，甚至胡乔木还和他辩论起了鲁迅的“发展”观。从历史发展来看，对文艺工作的总结、指导，与彼时延安的政治气候、与世界格局都有关系。

当文艺创作的政策出炉时，作为自由派作家的萧军将何以自处，关系微妙，因为他一生服膺的是鲁迅。因此，虽然他三次都参加了座谈会，三次都谈了自己对文艺的看法，但从字里行间看得出他与共产党的关系（具体到与毛的关系）有所不协调了。而他又恰好此时想去绥德前线体验生活，对此，萧军是有负气成分的，而他向毛泽东报告去向时，看得出毛的冷淡。

5月25日的日记里，萧军做的摘记如下：

我曾于座谈会上发过誓言，我要在世界上做最好的作家。

我要还在延安吃所欠下的馍。

对自己的人也不要脱下掩心甲。

培养坚强的灵魂的力。在诱惑的歧路上,只有灵魂坚强,目标确定的人,才能得度。

似乎是因为“我要在世界上做最好的作家”那种独立创造性使然,但“诱惑的歧路”大概让萧军明白了何谓“自己人”,想到了“对自己的人也不要脱下掩心甲”。也有可能是他长久以来的个性使然,又或者是作为自由派作家对党派的天生的警惕,总之,我们并没能看到一个为这个重要会议立下汗马功劳的形象,反而看到的是一个格格不入,像堂吉诃德那样“虽千万人吾往矣”的身影。他似乎还没有明白自己的处境,也许是满不在乎,他评价自己在会上的辩论时这样写道:“我于这些操马克思主义枪法的人群中,也还是自由杀入杀出,真理是在我这面。”

何其不可救药的老天真!

导致萧军与中共关系僵化的一个具体事例,是他在6

月4日参加中央研究院对“托派”王实味的第二次斗争会上。因为他实在憎恶那种批判式的发言，在王实味话没说完的情况下就有人叫他去自杀。萧军再也忍不住，向大会主席抗议，没想到，这把火就烧到了他的身上，几乎有将其与王实味“捆绑”在一起的危险。他身边的朋友也逐渐因为“原则”疏远了他。

在这一年10月18日鲁迅逝世六周年纪念会上，萧军受到了作家们的围攻，从此他便走了“下坡路”。跟各种基层人员的纠纷和不愉快，各种牵制各种刁难接踵而至。因为一次打架，萧军被法院判刑6个月，他的边区参议员资格也没有了。加上1943年整风，萧军已经成为边缘人物，并且随时有“特务”的嫌疑。在这样的气氛下，萧军一家主动要求下放延安农村生活，自食其力，从1943年11月到1944年3月，远离了“政治风暴”。但在农村依旧受了一些夹磨。据日记记载，最后是他要求回去，才被允许回到延安工作。

对萧军来说，这是很不容易的“服软”。但即使如此，萧军也没有改变自己的处境，因为他仍然是桀骜不驯的性格。他并没有像很多同行一样入党，虽然他一直在考虑，并且差一点就入了；他也没有像很多同行那样，从此学乖一些，学聪明一些。在他的日记里，依然充满了抱怨，充满了看不惯，而且还会付诸行动打抱不平。

也许正因为如此，他才会在1946年回到哈尔滨之后，又受到东北局大规模的批判，从此长期被打入另册。不论萧军是不是世界上最好的作家，但其身上的勇敢、果决、坚持独立，实为我们的作家文人所少有。作为鲁迅的门徒，萧军尤其合格。

尽管萧军对朋友对妻子（王德芬）也常常不客气，但他对萧红提得不多，更不要说涉及两人的关系了。（反讽的是，我们现在提到萧军，却多半是因为萧红的原因。）在萧红病逝于香港的消息传到延安后，以萧军为首的一些作家写了纪念文章，举办纪念活动。他听到几个女性朋友的指责，大意是说假如你和萧红在一起她便不会如此死去。这样的说法让萧军非常愤怒。然而，日记中涉及萧红的地方都是正面的，萧军并没有大谈两人的恩怨（看得出来他有自己的看法），他对两人的分手始终坚持不解释、不辩解的态度。

在他刚烈、冲动、粗糙又敏感的性格中，还包含着一种品行。聂绀弩在1946年为萧红写的文章《在西安》中，叙述萧军、萧红的分手，无一字责备萧军。但像萧军听到的那些流言蜚语一样，世间一样有人津津乐道于"钩沉"这样的关系，不管你是萧红还是张爱玲。

如果说萧军的日记还有什么特别需要指出的，我想就是这样对萧红的态度。读这部日记，当然可以看出这绝非一个完美的人，然而如果仅仅去关注他的隐私，只会让这部作品继续下沉或者被掩埋，毫无发掘之必要。推及对其他作家作品的理解，也是成立的。

2013.12.14

收藏家田家英

作为毛泽东的秘书,田家英这个名字是和政治紧紧相关的。李锐有一处忆及田家英,让人一读难忘:

> 我们四个人:田家英、陈伯达、吴冷西和我,沿着山边信步走去,心中都是沉甸甸的,没有一个人讲话。
>
> 怀念田家英文中,我记下了这一情景:走到半山腰的一个石亭中(大概是小天池),大家停下来,还是没有人吱声。亭中有一块天然大石,上刻明人王阳明诗句:
>
> 昨夜月明山顶宿,隐隐雷声翻山谷。

晓来却问山下人，风雨三更卷茅屋。

刻诗者是否预知我们要到这个亭子来？诗意跟我们此时心境有某种暗合。……在亭中，远望长江天际流去，近听山中松涛沉吟，大家仍无言相对。见到亭中几个石柱无一联刻，有人提议，写一副对联吧，我拣起地下烧焦的松枝，还没有想好联句时，家英抬手写了这一首有名的旧联：

四面江山来眼底，万家忧乐到心头。

写完了，四个人依旧默默无语，沿着原路，各自回到住处。我的《庐山吟》第五首，回忆了这一凄凉时刻：

信步无言山路旁，大江天际去茫茫。

明诗刻石已难记，亭柱书联却未忘。

庐山会议是1949年之后国家政治生活的一件大事，多少大人物随之浮沉，置身于其中的“秀才们”（毛泽东语）又何尝不是。尤其是田家英在1966年的结局，都显示出政治笼罩一切的一面。对于政治人物的认识，本来就充满了复杂性，远远超过前人所谓“知人论世之难”，但往往在正面、官方的说辞之外，偶尔有一些偏僻小道，足以让我们领略到不一样的景观。

这是我在读到陈烈所写的《田家英与小莽苍苍斋》之后的第一感觉——田家英不仅仅是“秀才”或者“秘书”，也不仅仅是一直处于政治旋涡中的悲剧人物，而且还是一个对学术感兴趣，对传统书画收藏与鉴赏眼光独到，并且在那样的一个泛政治化的年代里身体力行的人。

对于生于上世纪初，经过革命洗礼的共产党人而言，尽管身上的传统士大夫审美趣味被一革再革，但基于时代与自身的条件，总还是“积习难除”。《田家英与小莽苍苍斋》正是“解放”了那个被政治束缚的形象，转而向我们讲述一个热衷于收集名人字画的党政干部形象。据书中披露，1980 年田家英被平反后发还封存的遗物，包括上千件清人书画作品，这就是田家英苦心经营的“小莽苍苍斋”藏品。

和许多高级干部的履历近似，原名曾正昌的田家英，1922 年生于成都一个贫寒的家庭。做过学徒，热衷读书，也参加过学运，12 岁即以“田家英”的笔名在报刊上发表作品,1937 年到延安,1948 年起担任毛泽东的政治秘书。但作为一个几乎从少年时代就投身革命的人而言,耽于书画收藏无疑是不合时宜的。书中给出的解释是,田家英在延安时期,因为受到学者萧一山《清代通史》的触发,“因此田家英萌生了以有生之年,写一部马克思主义唯物史观为指导的《清史》的念头”。于是,从 50 年代开始,田家英的业余爱好便是全力收集清人墨迹。他有一本萧一山的《清代学者著述表》,“每得一件墨迹即与该表核对,并在其名下用朱笔标明。他对友人戏言:此表为清朝干部登记表。”田家英的目标是把表中的一千几百位学者的墨迹收全。

在短短十多年间,田家英收集到的清代学者墨迹,包括傅山、朱耷、钱谦益、吴伟业、孙奇逢、李光地、孔尚任、冒襄、顾贞观、李渔、费密、汪琬、徐枋、徐乾学、毛奇龄等。对于王鸣盛、钱竹汀、姚鼐为代表的乾嘉学派学人墨迹,田家英也有庋藏,并且建立了各个收藏重点,比如学人、名士、书画金石家,一直到近代学人、文学家,如章炳麟、黄侃、苏曼殊、柳亚子等人的作品。

他藏有二周的墨迹,其中有 1929—1940 年间周作人信札三十余通，该书所收的致张一渠书札，正是周作人解释留北平的原因，可见其珍贵。有意思的是，田家英“比较喜欢周作人的杂文，认为与他的其他作品相比，杂文写得最好”。晚年周作人大概不知道有这么一位中共高干欣赏他吧？

“小莽苍苍斋”藏品多数为楹联、条幅和书简，少数为书稿、诗稿等手卷、册页。田家英对自己的收藏非常用心，分门别类地装裱、装册。这些藏品在今天看来每件都是文物珍品，已经远远超越了田家英出于收集文献、写作史书的初衷。他的收藏，有陈秉忱为之“掌眼”，陈的曾祖父是山东收藏大家陈介祺。和当时高干康生、陈伯达一样，田家英也是琉璃厂的常客，“一星期去三四次”。尤其值得注意的是，田家英刻有多方收藏印章，均是当时名手所刻，如顿立夫、沙孟海、吴朴、方介堪、韩登安、叶潞渊、方去疾、陈巨来等，周围并有梅行、齐燕铭等同道中人，于是呈现出文印俱佳的收藏印现象。对于这点，我以为不仅能看出一位收藏家的“身份意识”，更能看出其学养和格调。田家英的印章印文，只有非常少的具有时代特色

（比如有一方“理必归于马列”），其他均严守传统规矩。

田家英的收藏，是否为他的雄心壮志扩大了内容呢？到他含冤去世，尚且没有确切的资料显示他着手《清史》的撰写，如果没有被冲击，是否会有一位唯物主义史学家出现？如今均不可假设。但无论如何，田家英是一位了不起、有成就的收藏家，尤其是当我们将他放在鼎革之后天翻地覆的时代之中，放在为数不多热衷文物的高级干部群体中时，他更显得独特，不论我们是否能“知人论世”，不同的身份，不同的故事，不同的视角，都有助于我们理解一些时代的“夹层”。

田家英的收藏故事中，有一则是跟齐白石有关的。白石老人为他画了一幅《鳜鱼图》，田家英认为“无神”，“信笔为鱼点‘睛’”，该书第168页可见这两条“被点睛”的鳜鱼，算是这位收藏家的一则掌故。顺便说一句，高级干部与齐白石有交往的不少，但回忆文章写得最好的是艾青，也许是因为流露出的干部气息最少。

2013.7.26

一边种毒草，一边看世界

读《灰皮书：回忆与研究》，深感这是一段不容回避、也不容忘记的出版史，但以今天的眼光来看，又不免要“情随事迁，感慨系之”。上世纪60年代，为了国际共运的需要（具体说便是中苏论战、“反修”，中国需要了解国际共产运动的各种思潮），中宣部成立了外国政治书籍编译出版工作办公室，人民出版社成立了国际政治编辑组，中央编译出版局则由国际共运资料室负责相关图书的编译和推荐。这么多年来，读者可能从零星的文章中一窥当时的出版盛况。如著名出版人沈昌文先生的自传里，就有一章是他作为人民出版社的一员参与此事的经历（见《也无风雨也无晴》），也可能从相关的著作中了解这个时期出版的书籍情况。据我所知，只有沈展云先生的《灰皮书，黄皮书》。而这本《灰皮书：回忆与研究》是第一次集中了当年参与其事的相关人员，或撰写，或口述，汇集成了这部专门谈灰皮书出版的专著，主编此书的郑异凡先生是中央编译局研究员，长期从事苏联史的研究，他亲身经历了编译局与人民出版社一起合作翻译出版机会主义、修正主义的著作和言论的过程。

灰皮书这个项目来自高层的授意。因为当时“反修”斗争和中苏论战，高层特别重视“老机会主义分子”“修正主义分子”著作的翻译出版，以便提供理论武器。这些反面教材都是毒草性质，因此封面一律用灰色纸，不作装饰，这就是“灰皮书”的由来。不过，从这些相关编者、译者、组织者的回忆里，我们可以读到更多的历史细节。据说灰皮书的称号和发行办法来自康生，他说这套坏书用同一种颜色做封面，人们一看就知道是坏书了。但是这个“人们”是有限的人们，这些书一般都要在封面注明“机会主义”“修正主义资料选编”，发行范围严格控制，有甲、乙、丙三种方式，比如托洛茨基的著作控制得最严格，属于甲种发行，即购书者要实行登记。灰皮书于1962年开始陆续翻译出版，受到了毛泽东的重视。当时任中宣部副部长的周扬又指示，不仅要研究修正主义，还要研究资本主义、帝国主义，这是后来灰皮书队伍变得庞大的原因。人民文学出版社推出了反映修正主义文艺思潮的外国文学作品（不用说，也是为了供批判研究），主要是苏联在二战后陆续出版的关于战争的小说和剧本，以及苏联和其他国家宣扬人性论、资产阶级人道主义的文学作品，这些书也采用内部发行的方式，封面用黄色，又称为黄皮书。另外，有些属于灰皮书内容的著作，也采用过白色的封面，又称白皮书。当正反面教材都有的时候，则用白色封面，书名用红绿两种颜色来区别正反。简单来说，就是灰皮书是关于社会政治方面的，而黄皮书则是有关文艺思潮的。张惠卿的《"灰皮书"的由来和发展》一文中对命名的回忆，可以说一扫我多年来读皮书的困惑。

伯恩斯坦、布哈林、考茨基、鲍威尔……这些国际共运史上重要人物的言论就这样被有计划地翻译、出版、使用。其中最重要的，我以为是三个重量级人物：托洛茨基、布哈林和卢森堡。据张惠卿文章中透露，托洛茨基的作品出版最不容易，但成就颇大。因为，作为苏联被打倒的人物，托洛茨基的作品早就在苏联被清理干净，无法找到其原著。这时，有人想到了我国的托派组织曾经翻译出版过托洛茨基的著作。1952 年公安部门曾有一次全国统一的“肃托”行动，将全国的托派分子一网打尽，全部逮捕收审，其中上海最多，托洛茨基的著作当然也被收缴。张惠卿便奉命去上海，找到了这批书。

另外一个来源是从中国最早的托派组织者刘仁静那里。“当他得知我们正准备出版托洛茨基著作而苦于找不到原著时，误以为党中央可能对托派问题有什么新的政策，十分高兴”，就这样从刘仁静那里得到了他保存三十多年、托洛茨基本人赠送给他的七本《托洛茨基文集》，随之派上了大用场。

必须注意到的是这本书的“研究”部分。“回忆”确实给我们读者还原了历史，也还给了这段曾经讳言的出版史一个清晰的轮廓，但还必须看到这套书的价值并不仅仅限于那个年代。托洛茨基的作品作为灰皮书已经成就很大,而在其后对托洛茨基的世界性关注中,此举尤其显得意义深远。布哈林和卢森堡两人同样如此。收集在这本书里的好几位相关译者的文章,都说明当年的翻译工作虽然有强烈的意识形态特色,但也给了他们一个窗口,开始对共运史上这几位重要人物的思想进行研究。郑异凡的《"灰皮书"中的重头项目——托洛茨基言论》一文,披露了他当年在翻译中接触到斯大林批评列宁夫人的材料。在逝世前,列宁已经对斯大林的权力有所觉察,在权力斗争中,与托洛茨基有所联合。因此有了斯大林的破口大骂:"怎么着,我得去巴结她? 跟列宁睡觉并不等于弄通了列宁主义!"政治笑话往往消解了政治的严肃性、正统性,可以想象这些鲜活的、凡人性的材料给那个年代的人们什么样的冲击力,尽管是少之又少的一部分人。为我所用的毒草,本身也必须辩证地看。对那少部分人而言,他们获得了短时期的武器,同时又长久地获得了眺望世界的窗口。这些人的研究成果是一个证明,后来中央编译出版社"人文悦读"丛书、人民出版社的"社会主义思想史丛书"和"人民文库"丛书,都将这些共运史上的大牛“清”装上阵,清掉的正是一时一地的禁锢。

在沈昌文先生的回忆录里,相关章节叫《为“反修”作后勤》,他提到文艺思潮方面的第一本书是《在路上》。如果我们留心文学界、文化界的“八十年代回忆录”,可以发现不少作家、学者都提到过灰皮书和黄皮书,文艺界人士对黄皮书、禁书所带来的阅读震撼保有长久的回忆,因为某种程度上,这些书也刺激了他们的文学创作。包括《在路上》这样西方资产阶级颓废生活方式的书,也包括三岛由纪夫《天人五衰》等作为军国主义思潮典型引进的著作。

皮书出版里文学作品所产生的影响,是应该着重指出来的。我一直保存着两本白皮书:邦达列夫的《岸》和尤·特里丰诺夫的《滨河街公寓》,特别是后者,得到时已经是在 21 世纪图书丰盈得过剩的情况下,由此足可想象到它在三十多年前出版所引发更甚的爆发性。

几年前,沈昌文先生因《知道》一书的出版南来时,沈展云先生的《灰皮书,黄皮书》刚刚出版,在饭局上我曾经问过沈公对这本书的看法,他当时简单说了几句,大概就

是说这些书的出版非常复杂。现在读了《灰皮书:回忆与研究》,大体上能够知道沈公当时的言犹未尽。

2015.5.29

权杖与拐杖

这是一则旧日政要的掌故:生长在大同的作家朋友苏华先生告诉我,我新得的旧版画册《云冈石窟》虽出版于 1979 年,但其历史背景在 1973 年。他还记得是这年 9 月的一天,大同万人空巷,被挑选的市民和有单位的人被组织上街,手持小红旗,欢迎法国总统乔治·蓬皮杜到访。因为有周恩来陪同,规格很高,这也是《云冈石窟》这本图册出得尽善尽美的远因。蓬皮杜回国后不久去世,这在大同有两个传说,一谓其服不住社会主义的水土,一谓其未去上下华严寺拜佛,云云。

另一则最近的政要新闻则是本月初(10 月 4 日)一拨朝鲜高官突访韩国,虽然次日对外宣称是参加仁川亚

运会闭幕式，但当天的消息是爆炸性的，关于朝鲜第二、第三号人物突然出访，而一号人物久未露面的种种猜测，直到10天后金正恩出现在公众面前，都没有平息，也许是直到现在。据朝鲜《劳动新闻》的报道，金正恩是在视察新建成的科学家住宅小区。只要上网的读者都可以见到朝鲜最高领导人手持着拐杖，话题自然马上转到了“金正恩的身体出了什么问题”上。

新旧对比，三十多年间最重要的变化，可能站在我那位朋友的角度看最为明显：1973 年的大同人民尽管站在街边，与蓬皮杜总统近在咫尺，却完全不知情，才会有后来的小道消息流传；而今天借助网络，不出门便知道另一个国家发生了什么。

对一个国家而言，领袖的身体状况便是国家机密的一种。新旧对比，我们更可以看出的，便是政治人物权杖与拐杖的相互关系，除开外部条件（获得消息的渠道）的变化，这种关系至今甚少变化。朝鲜最高领导人为何手持拐杖，现在仍然是一个谜。不过，在蓬皮杜那时，封锁消息更是常态。应该说，这种手段在政治生活中肯定开始得更早，而且是一种必不可少的手段。蓬皮杜 1973 年 9 月 10 日至 17 日访问中国，情形如下：

> 他几乎不需要走路。如果说他参观了天坛、紫禁城和大同石窟，那是坐在供他使用的汽车上进行的参观。

提供这一科学真相的，是法国的皮埃尔·阿考斯和瑞士的皮埃尔·朗契尼克两位医学界人士。他们根据对世界政要的病理分析，写了《病夫治国》（以及续集）探讨大人物们在权杖与拐杖之间的“案情分析”。蓬皮杜是其一，收在《病夫治国》中。这部书出版于 1976 年，续集收录的政要迄于 80 年代末（中文译本出版于 1992 年）。很显然，续集人物是可以出版到现在甚至是未来的。

《病夫治国》的开篇就引用了法国作家亨利·德·蒙太朗的随笔《灯火管制》：

> 要写一篇论文，谈谈疾病在人类历史上，也就是说创造这个历史的伟人身上所起的重要而不为人知的作用。有人谈论克娄巴特拉的鼻子，却不见有人谈论黎希留的痔疮。

我特别喜欢这段题记，因为它说的正是权杖与拐杖的关系。巧合的是，如果以两位皮埃尔的视角来看，某国最高领导人的关键词不正是“拐杖”吗？如此巧妙地结合了本义与隐喻。从政治人物的病理学出发，历史开始重组一条线路，变换一种声调，散发出另外一种魅力。肯尼迪不仅患过猩红热、盲肠炎、慢性哮喘、脊椎间盘破裂，而且正是在竞选总统前，他患上了阿狄森病，此病痛带来的后果之一，便是美国错过了与中国展开联系的机会。罗斯福总统，则是雅尔塔会议三位国家元首中"行将就木"的人。另两位与会元首，丘吉尔则是动脉硬化症患者，在他的治疗上尽显了权杖笼罩、隐瞒拐杖的特色；而斯大林也是严重的动脉硬化症患者。"血管疾病对大脑的影响自然会反映在精神上，故而感情冲动会不由自主地爆发。30 年代是尽人皆知的恶魔时代，血腥的清洗便这样苏醒过来。"

大致是类似这样的阐释。《病夫治国》中有 28 位国家级别的政要，续集有 20 位，既有西方资本主义国家的总统、总理，也有苏联及东欧其他国家的总书记，还有第三世界国家的领导人，以及宗教领袖、国王、独裁者。从身体病症的角度来看政治人物，一点也不光彩夺目，而是衣冠楚楚、高谈阔论、神圣庄严这些表象之下身体的缺陷、不适、病痛，以及由此使之在心态、政策、决策方面产生的变化，可以说，是病症充当了一些历史关键时刻的“重要角色”。如果仅仅是这种思路的重述，虽然可以使读者耳目一新，获得了某种“知情权”，但不过也只是在医学范围内的。阿考斯和朗契尼克的令人赞佩之处，就在于他们鉴于如此多的案例，希望能有国家级别的机构（比如医疗委员会）来掌握和决定国家领导人在疾病下的去留，使医疗秘密不再以国家秘密的名义刻意隐瞒，严重情况发生时，让人民可以有所保障，免受其害（详见两书前言及续集的后记《将来会怎样》，这是作者与法兰西国家道德咨询委员会主席让·贝尔纳教授关于这一问题的对谈）。如果说直到今天，我们依然觉得他们的研究视角对于现实有用，那么我们更要佩服这两位医学界人士的先见之明。

从某种意义上说，这里汇集了48位政治人物别样的传记。除了在医学上的权威性，阿考斯和朗契尼克的文笔亦相当精彩，试取乔治·蓬皮杜总统那篇的第一段：

记忆犹新。一九七四年四月二日,在伦敦交易所里,黄金价格每盎司达到历史最高水平。在北越,改组了政府。南斯拉夫正为意美两国在亚得里亚海北部举行的海上演习提心吊胆。那天晚上,巴黎下着雨。电视播送的是《基辅人》,作为关于苏联犹太人辩论的序幕。将近晚上十点的时候,警察悄悄地封锁了通向圣路易岛末端的贝顿码头的两条道路。一小时以前,共和国的十九届总统,六十岁的乔治·蓬皮杜在那里。在他俯视塞纳河的私人住所里逝世,他死于大出血。

不得不提到译者。现在我们知道,这两部作品的译者何逸之,正是法国文学翻译家郭宏安先生的化名。

如果说从病理这一技术层面出发的探讨,揭示了某种真相,对历史亦有更为全面的展现,事实也是如此。然而历史有所谓真相,人物的丰富性却远远复杂于"真相"这个词。即使我们明白了罗斯福总统在最后时间里的所作所为(在与病痛、与斯大林的角力上,呈现出的是多么悲怆的形象），但在评价这位政治人物时，这远远不能说明全部。如果说《病夫治国》需要一个很好的相关读物，那么我一定推荐思想家以赛亚·伯林的《个人印象》，这本书最早出版于上世纪50年代，在伯林的笔下展现的政治人物，如罗斯福、丘吉尔，给我们的是一个整体的，具有立体感的丰富和真实；这是超越了权杖与拐杖的叙述。

2014.10.26

作为有罪诗人的妻子

——曼德施塔姆夫人的回忆录

关于诗人曼德施塔姆的地位，布罗兹基评价其为“文明的孩子”，而因为曼氏夫人娜杰日达·曼德施塔姆的回忆录，布罗兹基将她称为“文化的遗孀”。这是一个大诗人对另一个大诗人的价值重估，也是一个曾经遭受国家驱逐的人对另一个所受待遇更坏的人的深刻同情和尊敬。两个含义丰富、准确又深远的意象，似乎已经说尽了，但只有我们开始阅读，才能感受到这种丰富性的回响。它不仅冲击阅读体验，同时也冲击着生命体验。

我说的是《曼德施塔姆夫人回忆录》。

作为俄罗斯白银时代重要的诗歌流派阿克梅派诗人，奥西普·曼德施塔姆与古米廖夫、阿赫玛托娃一起被称为该流派的三驾马车。命运都不曾善待他们：古米廖夫被枪决，曼德施塔姆被逮捕、流放，最后死于远东的集中营（甚至没有确切的死因与具体死亡日期），阿赫玛托娃虽然待在家里，伴随她的却是儿子作为“人质”，以及终生的恐惧。

这部回忆录所写的，正是诗人夫妇从1934年到1938年最低谷的时期。在苏联大清洗的30年代，曼德施塔姆被捕的一个直接原因就是他写了一首讽刺伟大领袖斯大林的诗，其中有这样的句子：

> 只能听到克里姆林宫的山民，
> 那个杀人犯和农夫斗士……

作为诗人的妻子，娜杰日达也投身到了那个年代家属“四处活动”的潮流中。她找到党的高级干部布哈林，通过布哈林的斡旋，得以改判流放沃罗涅日，奇迹般地得到近4年生存时光。只是这对夫妻并未想到，曼德施塔姆的命运在严酷的30年代基本定型，虽然他不是上层人物，但他这种知识分子的命运在他的身上得到完全的展现，不可否认还有另外一种知识分子。这一切都被陪伴他经历恐怖岁月的“黑暗同志”娜杰日达所铭记。收到丈夫死讯后，娜杰日达也开始了流亡之路，她四处躲藏，万幸没有再落入契卡人员之手。早在曼德施塔姆去世前，娜杰日达就开始谋划如何保存丈夫的诗歌：手稿、抄本。她有意识地收集诗歌档案。但鉴于那个年代告密盛行，不少所谓的诗歌爱好者就是身负任务的人，除了四处存放抄本之外，娜杰日达用背诵的方法来保存曼德施塔姆的作品——诗歌、散文，她说自己能倒背《第四篇散文》。当曼德施塔姆第二次被捕后，她流落到一个纺织工人村斯特鲁尼诺当纺织工人，她在晚上上班的时候背诵丈夫的诗，白天则去莫斯科“四处活动”“上访”，打听消息。

像娜杰日达这样的流亡者甚至是有罪者的妻子，作为未亡人的身份保留丈夫的思想，在俄罗斯的文学史上不乏其人。曾经做过曼德施塔姆庇护人的高级干部布哈林，后来也被斯大林清洗。他被捕前所写的致苏共中央的信，是他在监狱和集中营熬了20多年的夫人背下来的，直到20世纪80年代才公开发表（布哈林1937年被清洗）。

在斯大林死后，环境有所松动，赫鲁晓夫上台，“解冻”开始。娜杰日达的境遇稍有好转，她可以在一所学院教书，获准回到莫斯科远郊居住（依然是政治上的次等人），直到60年代中才获准回到莫斯科，1980年去世。但诗人的遭遇很难说改变了，平反可以限定在纸张上，但发表作品、出版诗集则困难重重。那些“另外的知识分子”，很显然并不太想听到“曼德施塔姆”这个名字。娜杰日达始终在为出版丈夫的书奔走、期待。她从60年代开始撰写这部回忆录，曼德施塔姆的诗集1973年终于出版，她却不满意。她的回忆录刊发在《塔鲁萨之页》上，这是塔鲁萨这个莫斯科远郊小镇的地下文学刊物，创办人之一是中国人较熟悉的帕乌斯托夫斯基。回忆录一共写了84个章节，在1970年传到了西方。

作为曼德施塔姆的夫人，在那些年里她写得最多的是各种申诉材料，写这部回忆录的时候，她是非专业的写作者，但这部作品不仅让她成为作家，而且还是一部一流

的散文作品。这有曼德施塔姆的原因，但更多的是这位女性娜杰日达自己的东西。

和帕乌斯托夫斯基的文学回忆录一样，通过娜杰日达的亲身经历，我们可以知道曼德施塔姆的创作，他的诗歌与自身与时代环境的触发。从评传的角度，没有比她更能联系曼德施塔姆的作品与时代的关系了。这既包括曼德施塔姆早期的诗歌,20 年代与左翼文学观念的分歧,也有带来噩运的讽刺诗、最后救命稻草般的颂诗。但最重要的是曼德施塔姆在流放地沃罗涅日“喷发”的那批作品。还有就是让读者从整体性上把握曼德施塔姆的诗歌。

和苏联的文学回忆录最大的不同,是置身在大恐怖时代最为绝望的个体生命体验,以及由此带来的观察与反思。他们所经历的流放是比沙皇时代更为残酷的,生死往往在一瞬间。而最为残酷的,是整个社会生态的改变,高度恐怖与全体噤声。娜杰日达写到的作家友情,正是这种氛围下的点滴,怀着巨大的恐惧,也是怀着巨大的勇气。比如她和曼德施塔姆终生好友阿赫玛托娃的交往,什克洛夫斯基一家的留宿,帕斯捷尔纳克的关注(是他接到了斯大林的电话,传达重新处置曼德施塔姆的“喜讯”),还有她在纺织工厂时工人的帮助。最值得留意的,是她当时的房东,一对工人夫妇。“在那段严酷时期,工人家庭里的谈话要比知识分子们的谈话开诚布公得多。”

两位房东的父辈和祖辈都是工人。塔吉雅娜 · 瓦西里耶夫娜不无自豪地说:“我们是世代无产者。”她提到那些在沙皇时期曾躲在她家的政治鼓动家:“他们说的是一套,做出来的是另一套!”夫妻俩都对那些审判案件极其不满,男主人常常厌恶地把报纸一扔,说:“瞧他们用我们的名义都干出了什么好事!”他对所发生的一切做出这样的解释:“他们是在夺权。”所有这一切都被称作工人阶级专政,这让夫妻俩感到十分愤怒:“他们是用我们这个阶级搞乱你们的脑袋。”

可以想见的是,作为新政权的边缘人物,政治上的潜在敌人,曼德施塔姆夫妇在同道那里所受到的冷眼和屈辱,在昔日朋友那里感受到的世态炎凉,都要比上述例子多得多。令人敬佩的是,尽管受到不公正待遇的一方有抱怨和控诉的权利,但娜杰日达并未滥用这种权利。作为被侮辱的一方,她在追溯这些往事时,虽然对一些人毫不客气,但还是相当克制,没有过火地清算。她有自己的判断,但最为可贵的是她着眼于陈述历史,还原事情的真相。

在这部书里,娜杰日达是怀着巨大的恐惧、巨大的勇气和巨大的反思精神的一个人。尤其是反思力度,从思想上支撑了这部回忆录的价值。

娜杰日达关注的重心在诗人丈夫身上:他的创作,他的诗歌,他的理念,他的遭遇。正是流放的经历促使这位了不起的女性去反思个人与时代的关系。必然是从身边人开始,从政治理念与诗人的关系开始,才推及政权与个人,乃至大清洗是如何发生的,才来思考制度起到了何种作用。在她为这段历史所作的证词中,最值得注意的是:一、她不仅正视写谤诗的曼德施塔姆,也接受写颂诗的曼德施塔姆,但她明确地知道写一首颂诗的曼德施塔姆与更多的写颂诗的文学家、作家、诗人之间的区别。二、她对某些历史成因做出了解释。知识分子在现实社会的急剧退化,为一种制度所屈服,进而为一种思想所钳制,最终为之服务,这样的现象引起了她对 20 世纪与 19 世纪的比较,得出人道主义衰落而暴力、专制主义上升的结论。

在不安、恐惧、朝不保夕的逃亡生涯中,娜杰日达没有停止过对自己经历的追问。这 84 章看似没有联系的短章，那些丰富的细节与其说归功于长期背诵丈夫的诗句，不如说流亡生涯是如何深刻地打开了一位作家的世界。这些回忆散文一定是经过长期的反思、消化，它们包含了由来、合理性、不合理、未来的疑问。它们这里有“时代的喧嚣”，更有时代的秘密。众所周知，在娜杰日达晚年，虽然回忆录在西方引起了轰动，但她所期望的，无论是曼德施塔姆的清誉、作品出版，还是社会的进步，都所见甚微。

在曼德施塔姆第二次被捕后，娜杰日达在铁路边的纺织工人村斯特鲁尼诺住下来，因为这里经常会见到运送囚犯的闷罐车经过：

> 我有一个疯狂的念头，即我有朝一日能在闷罐车的车窗（实为一道缝隙）里看见奥·曼的脸庞……

说这是伟大的文学的感人力量是轻慢的，尽管它是何等的感人！“一切文字，我最爱血泪所写者”，这“最爱”也有轻慢，它让生者感到自责和愧疚。娜杰日达展现了一位伟大女性的坚强与忍耐，这种力量在这些文字里，这些揭露里，也在这些为文字所略去的冗长时间里。别忘了那些没有写下来的，全部是等待、恐惧、绝望、争吵的时间。娜杰日达的一个反思是：在遭到殴打、踩踏时，是发出哀号还是保持蔑视的沉默来回敬刽子手？她的结论是：

> 如果身边再也没有剩下任何东西，那就应该发出哀号。沉默，则是真正的反人类罪行。

娜杰日达最让人尊敬的是：她不仅仅发出了哀号。

2013.11.20

流亡是流亡者的命运

——读布罗茨基的散文集《小于一》

2014年年尾，年度好书评选不再是报纸的“狂欢”，网站也评，出版社也评。其中有一本重合度非常高的书是布罗茨基的散文集《小于一》，由诗人、翻译家黄灿然先生经过两三年时间推出。这是一个足本，全部翻译了这本英文原著的18篇文章，也没有做删节。

久违了，布罗茨基。久违了，《小于一》。

自从1987年获得诺贝尔文学奖之后，布罗茨基在中国所出版的书屈指可数。列入漓江出版社的“获诺贝尔文学奖作家丛书”的《从圣彼得堡到斯德哥尔摩》，收录了他的诗歌和文论，其中就包括大部分的《小于一》，中央编译出版社的《文明的孩子》（刘文飞译），亦是大部分的

《小于一》，两个版本都不全。而作为获得诺贝尔文学奖的诗人，布罗茨基的诗歌也仅仅只有此亮相，余下不过是重版的《文明的孩子》《布罗茨基谈话录》《布罗茨基传》等三四种而已。

但有限的几种布罗茨基的作品，已足够令我们从中受到文学尤其是文学批评的重要启发。读阿赫玛托娃、茨维塔耶娃、曼德施塔姆、奥登，不必一定要读布罗茨基的相关文章，但布罗茨基始终可以给读者一种自信，他对诗歌的自信，对这些诗人的诗歌、经历和命运的自信。他并不是在给我们指认一种路径，一种理解的方式，而是一种发乎自然的条件反射——诗人对诗歌的反应，诗人对另外的诗人的反应。我怀疑他是否真的顾及读者，如果读过他那部噼里啪啦、妙语连珠又无所顾忌的访谈录，会发现他感兴趣的也是诗歌和诗人而非读者。至于我们从他那里知道如何归置曼德施塔姆的诗歌地位，如何理解他对茨维塔耶娃诗歌的解读，比如对她的那首《山之歌》的反应，寥寥数语已经可以抵得上一堂鉴赏课，这些都是读者的造化。

在对文学的理解上，布罗茨基也是特立独行，将诗人的身份、观点与理念都强调到了极致。作为诗人，布罗茨基的文学理念是：诗歌是语言的最高形式，他对此坚信不疑。如果说自上世纪以来，有“诗人批评家”这一传统的话（就像艾略特、奥登、拉金、希尼等诗人一样），布罗茨基当之无愧，然而他始终还是诗人。当曼德施塔姆遗孀的回忆录面世之后(他是在美国读到的),他是那么推崇,但还是认为她的回忆录无非是曼德施塔姆诗歌的“附笔”。因此,反观他的散文,虽然并不是像艾略特那样纯粹的文学批评,少理论、重感受、直抵核心的解读方式却是他的优点。他为曼德施塔姆夫人所写的讣告,何止是告诉了我们文学是怎样诞生的呢!娜杰日达由一位外行成为作家,所写的两部自传之所以成为杰作,是因为命运浸泡在时代的血与泪之中。但更重要的文学观念是,苦难本身并不能造就作家和杰作。他说:

> 正是拥有这个由20世纪俄罗斯最出色的诗歌提供的棱镜,而不是她的悲伤规模的独一无二性,使得娜杰日达·曼德施塔姆就她那一块现实作出的声明如此无可置疑。认为受苦能创造伟大艺术,这乃是一种可恶的谬误。受苦使人盲目,使人耳聋,使人毁灭,且常常使人死亡。

这几句话何其直接，又何其痛快地指出了苦难文学的短板，甚至是对苦难文学一种批评模式的彻底否定。对于有着沉重灾难负担的俄罗斯文学而言，这种见解是一剂清醒剂。他对阿赫玛托娃、茨维塔耶娃、曼德施塔姆等诗人的评价，相当程度是他对于身处自己时代的诗人们命运的理解，因为他多多少少也领受了一部分。他生于 1940 年的圣彼得堡（苏联称之为列宁格勒），因为辍学、写诗，他被国家判定为“寄生虫”，并且在 1972 年被驱逐出境。这在利季娅·丘可夫斯卡娅的《捍卫记忆》里有详细的描述，但布罗茨基很少谈及。他谈的都是文学与诗歌，就像“谈话录”中一样，神采飞扬，往往让人哑口无言。后来落脚美国，并于 1977 年入美国籍，于是脱掉“苏联”的国籍，成为“俄裔美国人”。《小于一》出版于 1986 年，翌年获得诺贝尔文学奖，那时他才 47 岁，是仅次于加缪的年轻获奖者。1996 年去世时，他才 56 岁。布罗茨基对自己的文学传统与西方文学传统的异同有清醒的认识，作为晚了上述诗人一辈的诗人，他在西方文学的时代特色中，又有了新的碰撞与认识，这也是《小于一》的某种特色。毫无疑问，他对曼德施塔姆夫人、阿赫玛托娃、茨维塔耶娃以及“伯乐”奥登，下笔都充满了感情，然而他也并不因此就减少了来自文学法则的评判。就格调而言，他的散文沉痛，但不失严肃。而这样的沉痛和严肃之处，则必须要引用本书最后一篇文章的一段：

> 我们三个人所住的一个半房间（如果这样的空间单位在英语里讲得通的话）有镶木地板，母亲总是强烈反对家中男人尤其是我穿着袜子走在地板上。她坚持我们必须永远穿鞋子或拖鞋。当她为此责备我时，会求助于俄罗斯一个古老的迷信；她会说，这是凶兆，可能预示家中有人死亡。（《一个半房间》）

为什么要引用这段话？因为《小于一》题词献给作者父母。关于布罗茨基的生活，只有在这篇文章里呈现真实的一面。文学生活也是一种真实，但与此有所不同。这点也是足本《小于一》的特别之处，有必要拈出一谈。

翻译过《布罗茨基谈话录》的马海甸先生曾经说过："我对布氏诗作的好处实在所知不多……相比之下，我更喜欢他的随笔。第一卷收入除《小于一》及《论悲痛与理智》之外的散篇随笔凡二十一篇。《小于一》和《论悲痛与理智》由于在英美出了集子，读过的人较多。本集的随笔则向未结集，而散见于多种报刊和书籍，知者恐怕就少得多。像《作家——孤独的旅行者》《坍塌的钟楼召唤谁》《为何米兰·昆德拉对陀思妥耶夫斯基不公平》《关于德列克·沃尔科特》，都是读了题目就令人欲释卷而不能的妙文。"(《布罗茨基七卷杂写》，收入《我的西书架》一书）这是针对俄罗斯出版的布罗茨基文集所写的，这样胜义纷披的文章相信在今后会被翻译过来。而在《小于一》的最后一篇文章里，少有地呈现了他的私人生活，他在各个时期的家庭和父母——成长，叛逆，判刑，驱逐。当他撰写关于他与父母的回忆时，他已经在美国。萨义德说过，流亡是知识分子的命运。通过布罗茨基的父母，我们可以了解到苏联时期普通人的生活，更重要的是作为流亡者家属的命运——等待。

布罗茨基生于 1940 年，作为犹太人，他为自己的降生感到惊奇，也是在为自己父母躲过 30 年代的大清洗感到惊奇。他的父亲本来是海军军人，因为犹太人身份，只能在一些边缘城市的报刊社谋一个摄影记者的职位。在很长一段时间里，家里只能靠母亲做会计或者秘书维持生计。他详细地叙述了父母亲的生活，其中有很长很长一段时间是他们三个人，再后来是年老的父母向国家申请去西方探视被祖国开除的儿子。他详细地叙述了平常的通话，父母亲在与冷漠无情的国家机器"对抗"时要的小把戏，挖空心思地填报，冀图能瞒过国家的法眼。他也写到了父母亲的关系，这里面并不特别洋溢着泪水和感伤，但是布罗茨基记得母亲说过的话："把眼泪留给更重要的场合吧。"记得他 16 岁时，是母亲推荐他在图书馆借到了萨迪的《蔷薇园》。他也记得被边缘化的父亲，他不仅保护过要被开除出校的儿子，他还热爱拍摄大海，给儿子留下了深刻的印象："在那个国家，这是你最接近自由的方式。有时候哪怕仅仅望着它也够了，而他的一生大部分时间都望着它，拍摄它。"

布罗茨基还写到了苏联社会里的房子，一个半房间的分配、更换、腾挪，中国人对此应该不陌生。在这个房子里，他也有甜蜜的回忆，比如折腾出一个小空间读书写作和会女友。通过家里五斗橱收藏的父母亲的物件，他认识到“关于他们的自由的记忆”，“因为他们出生和生长时，都是自由的，然后有了被那些愚蠢的败类称为革命的东西，但那革命对他们来说，如同对世世代代的其他人来说，意味着奴役”。当他在美国等待父母亲的探视，当置身于“两个半球之间，夜与日之间，城市风景与乡村之间，死与生之间的差别”，则无论如何避免不开谈论自己的国家和政治。他也谈到自由和奴役，谈到暴力和革命，谈到留在集中营的“顽固”和从劳改营回来的“易弯”。但总的来说，并非刻意讨伐，和对父母的回忆一样，克制而得体。这也可以看出布罗茨基的高明之处，对于体制弊端，并不需要谩骂、诅咒。我们已经见惯了他在其他篇章里面的谈笑风生，《一个半房间》却呈现出另外一种舒缓的笔调，让我们看到一点他的生活：在他的住所附近，先后出现了两只乌鸦，分别是在母亲和父亲过世之后。这两只乌鸦并没有挟带着特别的哀伤，然而它们的出现却丰富了一个诗人的形象。

2015.1.13

时间中的托尼·朱特

假如你读过托尼·朱特的《责任的重负》《战后欧洲史》《沉疴遍地》等著作，那么一定要读一读他最后的文字：《记忆小屋》。

在《夜》这篇文章里，托尼·朱特向读者介绍了自己60岁时患上的一种病：是肌萎缩性脊髓侧索硬化症（ALS）的一种，也叫“路格瑞氏症”，还有一种叫法——“渐冻人症”。托尼·朱特在文章中详细地讲述了病房里的感受：感觉没有丧失，也不会有痛感，但是手脚会逐渐麻痹，直到全身瘫痪，最严重时将会无法吞咽，当然也无法再说什么，只有大脑还在正常运转。于是，在很多个夜晚，他便做着这样的练习——在脑子里写故事。

我在网上看到过托尼·朱特的一张照片，消瘦的身躯半躺在白色的病床上，整个头部被管子穿插着。不知道这是他患病之后的什么阶段。我们能有幸读到的这些文章是他在还能口述的情况下产生的。疾病带给身体的各种变化，从一个正常人到一个病人无助的羞耻感，对英国童年岁月的缅怀，对60年代经历的各种运动的反思，对由欧洲到北美的职业学术生涯的检讨。当然，最重要的是他作为一个历史学家、一个当代知识分子对现实的关注。他是一个著名的左派，生于1948年的伦敦，毕业于剑桥大学和巴黎高师，执教于剑桥、牛津、伯克利等大学，是当代最著名的欧洲问题和欧洲思想研究专家。

托尼·朱特把这些文章称为小品文。《记忆小屋》这部回忆录包括序言一共26篇文章，这些在他患上绝症之后的文字，产生得很困难，其指向也很明白，关于个人与家庭的回忆都是有关爱的。然而同样重要的是，作为这半个多世纪以来的见证人，托尼·朱特的经历同样给读者留下了某种东西。在我看来，是特别重要的东西。他曾经说，写这些文章让他看到了另一种可能性，比如早年

有人建议他去学文学。

单就文字而言，这确实不太像一个历史学家写的（这可以举另外一个例子，台湾历史学家黄进兴以其太太之名所写的《哈佛琐记》）。亲切、通俗、有趣味，并不是最大的特点，我理解的托尼·朱特的亲切，是这些文章显示出他是这个时代的人，他的经历我们并不陌生，像他青少年时代的那些生活经历，尤其是资本主义世界的细节，我们仿佛可以看到英美剧里的愣头青。作为知识分子，他生前关注着我们生活的这个时代，对当代的公共话题他有看法，而且有发言权。一句话，他不是置身于象牙塔和字里行间的学者。

这堆“小品文”，对这位历史学家来说，也具有他做学问的风格。“我的本行给我带来的优势，在于我已经谙熟故事大纲，只需往里填充事例、细节和说明即可。作为一个在默默自省中回忆过往细节的、研究战后世界的历史学家，我的叙事优势在于擅长串联、修饰那些相互脱节的记忆……”是一种牛刀杀鸡的自信。我想，我们无论是阅读这部回忆录之前还是读后，都不会忘记他的这些自信满满的话，从而想到一个历史学家的思维在这些随笔中起到的作用。简单地说，是见证和思考；更准确地说，是明辨与思想。

作为犹太人，1963—1969 年间，托尼·朱特投身到左翼犹太复国主义的麾下，有三年到以色列参加集体农庄劳作。这是20多岁的托尼·朱特重要的经历。他在以色列的农庄深刻体会到了什么是“信徒”。当然,还有更重要的。我们有必要设想一下,以色列问题在60年代的重要性,这是时代的潮流。只是对当时的托尼·朱特而言,这十年的经历远胜于欧洲更早的情感教育和大环游教育。有几句结论很有意思,引录如下:

> 在20岁以前,我就已经历了对犹太复国主义、马克思主义和社群主义定居生活从信奉、跟随到放弃的全过程,因此,相比我在剑桥的同代人,我对新左派的狂潮和诱惑有更强的免疫,对自它衍生的更激进的主义——极左主义、第三世界社会主义等——就更兴味索然。

联想到托尼·朱特的左派身份,这不能不让人心怀敬意。他还借助自己在六七十年代的亲身经历,来指出当年的性革命、性解放的片面性、不彻底性。但同时他也承认他那一代人的幸福——不去改变世界,世界因他们而改变;从不担心找不到有趣的工作,不会屈尊去念商科学校。他更愿承认他那一代人的革命精神。

凡此种种,无疑都需要深刻反省和独立判断的能力。他谈到波兰诗人、同时也长期以政治评论著称的米沃什的《禁锢的头脑》(1957),谈到他给学生讲解这部反对苏联斯大林以及那些归顺斯大林的知识分子的书。这固然与他的思想意识有关,不过,请注意,他还注意到了在70年代给学生讲和在2000年后给学生讲这部书所引起的不同反应——在2000年后要讲灵魂卖给一种信仰,已经很难被理解了。他是在这样的时间刻度上来理解米沃什这部著作,无疑,这使得它脱离了一时的荣耀,具有了经典的阐释价值。我们今天来读米沃什的书,一样的并不能仅仅看到他在反对极权,而是要看到"对自己思想的畏惧"。

托尼·朱特和米沃什有某种相似性。米沃什从共产主义阵营逃出,对极权主义的真相有着切身的体会,而托尼·朱特对自己所经历的60年代诞生于资本主义内部的革命,同样有着冷静的分析。米沃什因"叛逃"引起了法国知识分子的攻击,这让他此生耿耿于怀。在他眼里,波伏娃是“下流的母夜叉”。二十年后,托尼·朱特在巴黎高师学习时则全面领教也分析了何谓巴黎知识分子(参见《巴黎已成明日黄花》《革命者》两篇文章)。

在这部回忆录里,这样的观察方式,让托尼·朱特显得独特、深刻,而最重要的,我以为是他的宽厚。这不是说为人的忠厚老实,而是对人、事的体察和理解。大概因为他长于史学,因而所拈出的故事无一不意味深长、见微知著。以下是一个让我深有感触的故事:托尼·朱特上过剑桥,等他60年代到剑桥任职后,他发现剑桥的一项传统——照顾学生的职员,铺床工,已经在不同的时代氛围里发生了变化。这些出身底层的劳动妇女与剑桥学生之间有着微妙的尊卑关系。而这种关系正是在经历了60年代的大浪潮之后在70年代走到了头。

这个时代的学生考虑的是,我们不就是男男女女光着身子在校园里嬉戏了嘛,被铺床工看到了,怎么就成了对她的侮辱呢?可以塞点钱摆平嘛。但托尼·朱特那代人不是这样对待他的铺床工的,他承认学生的做法反映了时代的风气，然而他对铺床工的诉求有着深刻的理解。这是人与人之间的交流与尊重，而最终在时代的丕变下沦为了简单粗暴的资本核算。

对托尼·朱特而言，现在的社会是他们生于四五十年代的人掌权，他也多多少少透露出知根知底的神情。他提起过最具有革命精神的一代人，如何走到了社会的上层，而大学表现出来的社会精英的衰落（《精英》这篇文章对英国高等教育有着精彩的论述），是如何决定了70年代的人“撤退”到了属于社会高回报的商业行业。

针对近年英美联手的伊拉克战争，他也尖锐地批评了同时代的人，英国前首相托尼·布莱尔。但是他也有恕词，在谈到自己身上那种“知识分子的孤高和一个人的时代优越感之结合”时，他说：“事实上，正是这种自认无往不利的态度——一旦失之极端——引发了比尔·克林顿自毁前途的越轨，也导致托尼·布莱尔以为，参战正确性和战争必要性仅凭他一家之言即可决定。然而请注意，纵使再如何不知收敛地招惹是非、炫耀姿态，克林顿和布莱尔——以及布什，戈尔，布朗和许许多多我的同代人——还都继续与各自的第一任女友保持着婚姻关系。”

在我们中国人的习惯性思维里,回忆录的价值无疑和这个人经历的事件,和他在事件中的作用有关。要有道德力量,特别是像这样的不幸故事,也要有足够的思想遗产,可资借鉴与流传。《记忆小屋》零零碎碎地可以拼凑起过去一个世纪的个人经历,没有特别的时代风云,然而闪耀在托尼·朱特回忆深处的,是他夜里躺在病床上的思想的零金碎玉。他让我们如此深刻地去体会时间的变化,那些时间的褶皱里涌现出来的细节、渣滓、问号,也可能是珍贵的东西。

我在想,如何看待这个人,如何看待同时代的人,他们不是凭空而来,尤其是当一代人为时代所裹挟着走到高处时,我们如何去理解,并且去判断这些花朵究竟是长在土地上还是石缝里。我觉得托尼·朱特就是能呈现出这样的丰富性来,这是历史学家的品性?我觉得这是一个人对待世界的方式:试图以最大的理解和好奇去认识这个世界,尽量把握时代的一些脉络,远离单调和片面的认知方式。

而即使像托尼·朱特这样，对我们的时代具有如此坦率的看法或者说是真知灼见，他对于命运所给予的，依然是接受而非抱怨，就像他所受的教育那样得体。即便这是一个遭遇了不幸命运的故事，它如此让人感动，却不流于感伤。

2014.4.22

看，马内阿这个人

如果读者做主，评选心目中的诺贝尔文学奖作家，那么所谓“陪跑”的村上春树或者米兰·昆德拉应该是“民主的胜利”吧。文学永远存在一个悖论，其读者是一小撮的，其品质与影响力却是一个纵向的指标。当满屏争说文学奖，将读者从一小撮扩张为大面积时，必然会将严肃的品质内涵降低为大众层面的谈资、话题，降低为几个关键词。诺贝尔文学奖如此，关于萧红及其电影《黄金时代》如此，文艺也许都是如此。

假如我们沿着自己认识的诺奖标准来选呢？对，考虑它的社会表达，基于人类事业的忧虑与总结。可六年前的勒克莱齐奥，今年的莫迪亚诺，去年的爱丽丝·门罗，前两年的多丽丝·莱辛,只说政治性又不尽然。但无论如何,诺奖评选的保守性在增强。还有一点可以肯定的是,同一语言、同一国别、同一创作类型的作家,获奖总是有所间隔,莫言之后,怎么来看待中国作家、亚洲作家,等等。谈资是什么呢?就是上面写到的,谁该得而谁不该得,奖项的缺陷,如此种种,其实是远离了文学,而文学才真正是任何一个文学奖的核心内容。文学奖的主要功能,我以为在于使读者去认识作家,更在于去认识作品,必须去阅读。去阅读才有可能了解何为世界文学。诺贝尔文学奖每每颁给那些较少为人所知的作家,意义正在于此。

不过,我们阅读获奖作家的作品,其价值也不尽在于此。可以这么说,当一个较少为人所知的作家获奖之后,在他变得拥有世界名声时,往往能映照出另一个较少为人所知而量级接近的作家。

2009 年的诺奖作家是罗马尼亚裔女作家赫塔·米勒,一位具有较强政治色彩的作家,她生于 1953 年,1987 年移居德国。在她获奖之前,中文世界,严格说是大陆,没怎么出过她的作品。我是在一本德国插画家昆汀·布

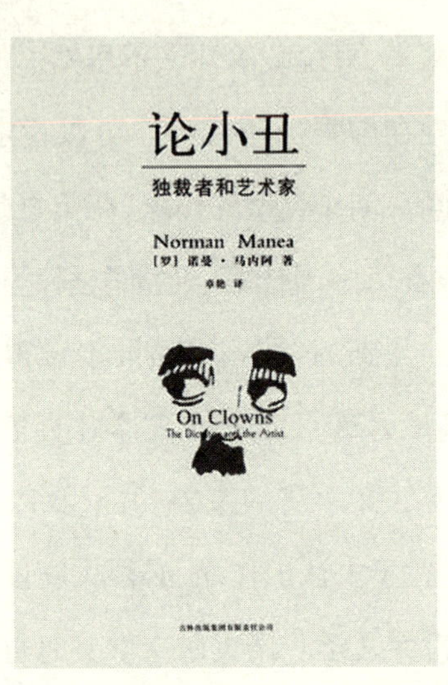

赫兹的画集里读到过她的一篇短文《一粒玉米》(这本画集也是引进的台湾版)。可以负责任地说,赫塔·米勒的文章写得极有大作家的气息,完全不必谈其政治色彩。但在获奖之后,她很快受到世界范围的关注,中国读者也很快读到了她的作品集,这时候无论读还是谈,都避不开其人其书的政治性,毕竟,贴标签是最容易让人记住的。

大概就是在那时候我读到了赫塔·米勒的老乡诺曼·马内阿。最早是《书城》杂志上梁禾的评介，接着上海三辉策划出版了他的三本书：长篇小说《黑信封》，随笔集《论小丑》，自传《流氓的归来》。后两种著作都跟他的经历有关：他生于1936年，不仅在极权主义国家生活过，还有过纳粹集中营的经历，后来移居资本主义国家（1986年，早赫塔·米勒一年），长期生活在美国。呈现在他笔下的，是不同制度下的生活，而不是单一的回顾与控诉，这是马内阿的一大特点。他在《流氓的归来》的开头是怎么写的呢？写他与自己单位的领导一起外出，他的表述是：我们是一对小丑，领导是白脸小丑，我这个雇员是花脸小丑。《论小丑》的副题是"独裁者和艺术家"，源于在祖国的经历。他认为祖国的领袖齐奥塞斯库便是一个白脸小丑，他能以如此讥诮而又深刻的方式，来探寻一个体制内的秘密，固然是其长处，不过，我更欣赏与佩服的是，这样的观察方式是如何从批判体制走到对个人的批判与自省。

读马内阿不能不想到赫塔·米勒。无论是有意还是无意（获奖后的种种被标签化），赫塔·米勒都希望揭示出极权社会的秘密。在她的作品中,权力是通过极权与体制的面目压榨着个人。她在现实生活中,也秉承了西方知识分子的这一可贵气质,极力痛斥极权国家的种种不堪,其道德勇气,非常令人敬佩。然而,什么是人类的不公?特别是文学世界需要呈现的不公呢?在马内阿这里即是:在集中营、在极权国家当然充满了不公,但在最民主的地方,在号称最公平公正的地方,依然存在着压榨,存在着一个人对另一个人的压榨,一个稍微有点权力的人对另外一个人的压榨。他从"小丑"这一形象出发,围绕独裁者与艺术家做的种种比较、深思与质疑,将一个多世纪以来知识分子的道德处境揭示得一目了然。我们震惊于奥斯维辛的不幸,但也要看到在20世纪城市格子间里心灵与人格的重负。这也正是诗人费尔南多·佩索阿的伟大之处,他先知般地揭示了资本主义社会里人的生存困境,尽管在现实生活中他这个人基本上毫无建树。

20世纪因为二战这场人类浩劫与战后东西方的对峙,文学无法逃避地参与其中。一个值得关注的现象是,有时候宣传与批判竟然呈现大致相同的面目,不禁让人吃惊。单从技术上讲，无论是宣传还是批判，主题先行必须一以贯之；从质量上讲，批判为文学留下的空间更大一些，也因此获得了较好的名声。在此两种目的之下，文学亦只能为一时一地服务，至于抓住时代的经验，并不是每个政治性作家都能承担的。马内阿的随笔集经常让我想起另一个东欧流亡作家切斯瓦夫·米沃什。当他 50 年代初从波兰驻法国的外交职位上出走后，经历了长约十年的困顿期，他为一些报刊写政治性文章，他后来总结说，那时候人们只知道他是一位政论作家而不知道他是一位诗人。《被禁锢的头脑》至今仍是我们了解极权社会的名篇，它不仅是文学意义上的，也是社会学意义上的。而《论小丑》，承接的也是西方随笔的传统，而非单纯的政治文章。马内阿的美国岁月与米沃什当然已经不同，至少冷战的时代背景就不同。但是当他们从自己的经验出发，去探寻问题时，尽管感受不一样，社会环境不一样，但无论是极权的压迫还是小丑式的生存环境，都能够让读者看到与自己息息相关的问题，而不是仅仅让我们只是知道过去的罗马尼亚发生了什么。

“他真正的任务不是去发挥其解释的才能，而是因是时代的见证人而定下最远大、最具启迪作用的绝望标准。”苏珊·桑塔格这样评价作家埃利亚斯·卡内提（《作为激情的思想》）。这样的评语，米沃什和马内阿亦庶几近之。

按照诺奖的规则，马内阿可能很久一段时间都不能获得诺奖。但换个角度，正是他的老乡获奖，让我们来发现他，这是我们作为诺奖观看者的权利。它是来拓展我们读者的视野而非束缚。即以今年这届为例，莫迪亚诺让我们回顾二战后的法国文学，尤其是新寓言派，我希望再好好读一读图尼埃的作品。

去年在一家书店参加活动（也是一种文学谈资），发现书店正在打折卖《论小丑》，塑封都没拆的一堆，十元一本。但是我相信，文学的影响力也是一个悖论，它如果影响了所有人——或者说是影响了特别多的人，效果都令人担忧；而它哪怕只拥有少数的读者，影响却是持久而深远的。

2014.10.11

谈莫迪亚诺的书与回忆

2010年,帕特里克·莫迪亚诺的小说《青春咖啡馆》中文版出版后,我在一篇书评里说:

> 我差不多读完了翻译过来的莫迪亚诺的小说,倒从来没有寄望过哪年的10月第二个周四的晚上为他做个诺贝尔文学奖专题,反而觉得他老这样写不行啊——2007年出的第25本小说《夜半撞车》据说在法国大卖,我在书店“钉书钉”看完了,很薄的一本……

2014年10月第二个周四的这个加班的晚上,证明了

我判断有误。这届诺贝尔文学奖颁给了这位生于 1945 年的法国作家，授奖词是“他凭其记忆的艺术，再现了人类难以把握的宿命，并揭示了法国被占领时期的生活世界”。

在那篇书评里，我对莫迪亚诺的小说有简单的评述：

曾经在BBS上，“我什么也不是”（《暗铺街》的第一句）是莫迪亚诺迷的暗号，当时网上讨论这部小说究竟是“暗铺街”还是“暗店街”，其热烈程度不亚于王小波之赞美查良铮译本的“我爱你，彼得兴建的大城”。我读的是王文融老师的“暗铺街”。莫迪亚诺执着于描写二战后年轻人的自我迷失，却要到读了他的《八月的周日·缓刑》之后方才领教到。这种迷失不仅是年轻人固有的青春病，还在于某种形而上的战后西方集体迷失。换句话说，莫迪亚诺的小说老是讲那些年轻人走失（具象的），找不到自我（抽象的），这个主题有股战后的焦虑在里面，至少，我是通过莫迪亚诺的小说才对战后西方思潮与人物（比如诗人策兰）的走向有了一点粗浅的了解。

借用文学批评家韦勒克和沃伦的文学理论，作家与作品往往会随着时间节点的改变而发生评价的改变。那么类比一下，一个获奖作家也将拥有两个时间段的读者群，我这个普通读者很显然属于前一个时间段，而且仍然持有以上根深蒂固的看法。我们知道，获奖，尤其是获诺贝尔文学奖，被谈论的往往是“获奖本身”，而非“作品本身”。与其说“莫迪亚诺获诺奖乃实至名归”之类的话，不如从作品中去接触和认识作家，寻章摘句地讨论与引述一句话及其译法，都仅仅是谈资而非阅读。

十几年前从网络论坛上读到莫迪亚诺的作品时，他的作品在中国翻译出版已历十多年。薛立华翻译的《暗店街》由百花文艺出版社 1986 年出版，之后有张继双翻译的《青春狂想曲》由世界知识出版社 1987 年出版，90 年代则先后有花城出版社的《八月的周日·缓刑》，漓江出版社的《一度青春》《寻我记》，译林出版社的《暗铺街》，近十年来则是较成规模的《星形广场　环形大道》和《暗店街　夜寻》（上海三联出版社），《夜半撞车》（人民文学出版社），《地平线》和《缓刑》（上海译文出版社），以及《青春咖啡馆》，等等。这么多的中文译本说明什么呢？一、把莫迪亚诺作为一个陌生的作家，说不过去；二、从这些译本（有些是异名）中，既可以把握到这位法国作家受出版社青睐的某些因素，也可以从中读到他作品深层次的内容。如果以“迷失”这个词来概括其小说有些失之简略，那么我们还可以列出以下这些关键词：回忆（诚如诺奖的颁奖词）、青春、秘密、巴黎、占领时期、花园、消失、流亡、寻找……因为巴黎而又有了各种各样的街道、广场与店名，这些细节部件无疑使其小说充满了城市感，使人容易亲近、愿意阅读。对于二十多岁的读者而言，莫迪亚诺自有其吸引力。在我读过的这些作品中，我以为最值得一读的是《暗铺街》和《八月的周日·缓刑》，不仅高度呈现了莫迪亚诺小说的主题，而且其结构、文字都堪称代表作，尤其是《八月的周日·缓刑》对悲怆命运的无力与顺从，显示出很高的格调和品位。

很多评论都提到，莫迪亚诺采取了侦探小说的某种形式来构架他的小说，这与他“迷失”主题的小说堪称相得益彰。过了十几年再来读莫迪亚诺，应该承认，形式上的简单与内容上的罗列并非就显得通俗、失去了文学的品质。做个简单的比较：在战后法国的小说流派中，莫迪亚诺远远要比新小说派清通隽永。晦涩固然是优秀文学的表征，好读同样也是。正因为这种形式感，使得莫迪亚诺小说呈现出拼图的效果，也呈现出冰山的效果，将无尽的意味诉诸大篇幅的留白。回忆、青春、秘密、巴黎、占领时期、花园、消失、流亡、寻找……除了要指出莫迪亚诺小说的清通并非等同于简单，更需要指出的是，即使这些"关键词"容易让人贴标签、让人轻视，即使这些有关年轻人的故事让人易于带入、易于感伤，但感伤并不是莫迪亚诺小说的主要特色。不少伟大的作家执着于开垦自己最熟悉的地方，比如福克纳是以他邮票大小的故乡奥克斯福德来构建他的约克纳帕塔法县，马尔克斯则是马孔多，帕慕克则是伊斯坦布尔，对这种空间的掌控也属于莫迪亚诺笔下的战时巴黎，而正是"战时"这一背景，又显示了他创作中对时间的掌控。莫迪亚诺生于 1945 年，其父亲是犹太人，当我们读到他笔下德占巴黎朝不保夕的家庭里最弱小者的身影，无法不把作家的童年记忆与他的创作联系起来。从莫迪亚诺的记忆，准确来说是虚构的记忆，我们读到的是一个时代的沉重性与严肃性，这种色调既与战后一代作家相关联，也有互相发明的地方。在我重读加缪在战时的一些作品特别是他从事地下抵抗运动的图片集时,最好的阐释正是莫迪亚诺的小说。

记忆(主题)的艺术(文学创造力),正是诺奖所表彰的,但是莫迪亚诺所追寻的身份,与第三世界族裔文学在西方世界的离散身份文学主题,已经是两个时代的潮流。这是一个有趣的现象。还有更重要的一个现象是,就莫迪亚诺小说的整体性而言,不变的主题与大体相仿的形式更值得探讨,这是我四年前顽固的看法,也许现在还要加上一个疑问:何以诺奖现在要表彰这位一直表现占领时期生活的作家?我们当然无法左右瑞典文学院评委的想法,但是对"文学共和国"(苏珊·桑塔格语)发表看法,却是每个热爱文学的读者的基本权利,无论是赞成还是反对。

记得2001年诺贝尔文学奖揭晓时,谁是奈保尔?我的朋友李中茂几乎马上答出:花城出版社出过他的一本《米格尔大街》。回顾莫迪亚诺在中国的出版情况,我想以此作为文章的结尾。在整个80年代和90年代,外国文学深刻地影响了中国人的阅读。以莫迪亚诺为例,有法国文学翻译大家柳鸣九先生主持的漓江出版社"法国廿世纪文学丛书”，也有花城出版社的“20世纪外国文学精粹”，但后者很少被提及，而实际上这套书不仅有奈保尔、莫迪亚诺两位获诺奖的作家，更有现在无数人熟知的巴别尔（《骑兵军》）和卡佛（《你在圣·弗兰西斯科做什么?》）。作为读者，有必要向这套丛书的策划者陈众议、于晓丹、林青华诸位表示敬意。今天，对于类似“谁是莫迪亚诺”的回应要简单快捷得多了，但是文学始终需要以眼睛的阅读代替手指的点击、搜索。这更在提醒我们，去发现未来的作家，同样需要这种古旧的方式。

2014.10.12

《雨后》:被略去的东西

在今天谈短篇小说,仿佛就是在谈爱丽丝·门罗,谈何谓“短篇小说大师”。很显然,除了被授“衔”的那位,还有很多同样的优秀者。

爱尔兰短篇小说家威廉·特雷弗。去年也在诺贝尔文学奖的博彩公司赔率名单上。不过,读他的《雨后》,想到的是近如托宾的小说,远如乔伊斯的《都柏林人》,无所谓诺贝尔不诺贝尔。威廉·特雷弗生于1928年,今年85岁了。

短篇集《雨后》出版于1996年,一共收入“十二个直抵人心的动人故事”。以同名小说为例,讲述的是一个年届三十的英国女人哈丽特,因为恋情告终,单身一人来到意大利切萨里纳一家膳宿公寓“疗伤”的故事。这里是哈丽特自10岁开始一家人来度假的地方,本来如果没有出现她和男友在电影院的一幕,他们将在斯基罗斯岛冲浪。

像我们大致可以猜到的一样,特雷弗从哈丽特眼中膳宿公寓的男男女女来写她的孤寂,写她人生低谷的状态。我们也可以说这便是“疗伤”,借此“重新上路”的故事。哈丽特独立一人在小镇上经受一场雨之后,确实有类似的开悟。但如果全部以“疗伤”来理解特雷弗的主旨,未免俗气。

假设我们以观看绘画的方式来看故事就很明了:公寓里各种人物,表情、动作、交谈,而主人公的心事是无法在画面上呈现的,当她往小镇上走时,特雷弗以文字作画,画出她在小镇上,经过公园,见到教堂,听到钟声,吃过午饭,遭遇暴雨。但他并没有告诉我们哈丽特内心发生了什么,唯一可以明说的是雨后,这意味着时间变化了。

我首先读的便是《雨后》这篇,我非常喜欢它流露出来的无尽的意味。而那些遭受过生活的失败又只能独自走过停顿时间的读者，一定会在这个故事里领略到痛苦以外的东西。

另一个同样题材不出奇但读后又让我为之折服的，是最后一篇《嫁给达米安》。简单来说，这是一对为人父母的人，看着自己的女儿将要嫁给自己知根知底老友的故事，他们看着这该死的、不可逆转的恋情发生。不是因为年龄差距，不伦的恋情，而是开篇5岁的乔安娜“我要嫁给达米安”的预言，这预言不归结于命运，而归结于人物的性格。当女儿倾倒于浪子老友那些不值一哂的事，或者说魅力吧，做父母的深感绝望。按照我们对这类故事的了解，接下来是干涉、冲突，总要发生点什么，但特雷弗给我们安排的只是一个不眠之夜，做父母的毫无声息地绝望。他没有安排挽救，也没有安排结局。特雷弗的结尾是这样写的：

> 那天上午，乔安娜匆匆吃下一碗玉米片和一片吐司。她发动汽车，掉头，接着疾驰而去。达米安来了，我们坐在九月的阳光下；克莱尔煮了新鲜的咖

啡。现在恨他为时已晚。我们聆听他的冒险故事，询问他可知道那些曾经爱上他的女人后来生活得怎么样，从而让我们恬淡的蜗居生活变得有生气，现在要否认这一点也为时已晚。我们反倒没有目的地闲扯起来。

我觉得，特雷弗的小说非常像画，或者说打量他的短篇小说写法、布局，往往会有观看画家画画的感觉。一篇小说的主次、浓淡、远近、呼应，等等，看似无意识的点染，而在完工时再看，又能体会到不经意间的效果，比如，何谓"现在要否认这一点也为时已晚"呢？他使用有限的字数去表达小说之外的部分，这便大大地与关注冲突的小说区别开来了。那些小说告诉我们的是命运的捉弄，紧凑的冲突，明确的困境所在，而特雷弗则和他的人物一起面对生活的无理与混沌。他的那些背景总是起到了很好的作用，而不仅仅是氛围而已。

类似的手法，也可以在《蒂莫西的生日》的结尾看到。一个同性恋儿子终于拒绝再回家参加父母操办的生日餐。爱,同样是特雷弗试着指出的原因。

在《钢琴师的妻子们》《孩子的游戏》《索尔伯特的母亲》等篇,都呈现出生活严酷而温柔的一面。

但就整体而言,《雨后》这部短篇集没有《都柏林人》那种“松散的长篇”风格,这也是与现在潮流的区别所在,“十二个直抵人心的动人故事”并非预先设计的主题。《雨后》让我感动的依然是每个故事而非精心地组织一部主题短篇集。其次,这部短篇集的与众不同之处还在于其容量上的表达。《失去的阵地》是整部书中字数较多也较艰深的一篇,阅读者需要了解更多爱尔兰的现实背景。但我感觉,这就是一部长篇,也可以说,特雷弗的短篇是用上了写长篇的力量。多余的篇幅呢?略去了。

很有必要听听特雷弗自己是怎样说的。他在回答《巴黎评论》采访时谈到了自己的短篇小说观念:

> 如果把长篇小说比作一幅复杂精细的文艺复兴时期的画作,短篇小说就是一幅印象派绘画。它应当是真实的迸发。它的力量在于,它略去的东西,要

不是很多的话，正好和它放进去的等量。它与对无意义的全然排斥有关。从另一方面来讲，生活，绝大多数时候是无意义的。长篇小说模仿生活，短篇小说是骨感的，不能东拉西扯。它是浓缩的艺术。

读特雷弗的“创作谈”，你就明白这种“略去的东西”与以往的阅读经验，比如“冰山理论”有所不同。在他的短篇小说中，并不是从日常生活截取冲突，比如《嫁给达米安》，事实上是冲突在小说之后发生，也可能没有冲突，它可以是日常生活中平淡的一部分，特雷弗所表现出的，是他可以放弃冲突，转而面对生活丰富性、复杂性的处理能力。

关于这一点，我觉得美国华裔作家李翊云将特雷弗小说的价值推得更深远。她说：

威廉·特雷弗对人物的悲悯和理解无数次打动我心，让我百读不厌，身为读者的我无法辨别每次读完后汹涌而来的剧痛是源自书中人的性格及其悲剧，还是这位作者对人类本性的深刻洞见而引发的我自己的敬畏之情。若有人声称完全领悟特雷弗的小说，无异于夸口妄言自己已领悟生活生命之本身。

事实上，当我们对特雷弗短篇中冲突的松散、故事情节的拒绝单一化问题表示惊讶时，正可以说明小说家放弃了一种全知全能的解答角色，即人的生活中可能发生的事情，这些事情主角、配角不懂，你们读者不懂，“我”这个作者也不是很懂。也就是在这个意义上，我觉得特雷弗解放了短篇小说，将我们从单一冲突、从寓言、从小品、从短这些“行规”上推开。比如，短篇为什么不可能出现长篇的内容？他让“略去的东西”解放了形式上的局限。从文学理论的角度看，特雷弗的短篇小说是“浓缩的艺术”，与布罗茨基断言“诗歌是文学的最高形式”一样，都是武断却精彩的论断。

回过头来看看特雷弗“略去的东西”，何尝不也是一个小说家所经营的东西？它不仅仅指向小说中未曾出现的故事、人物与情节，更重要的是它提醒我们，故事中必然会有略去的东西,就像我们的现实生活一样。而生活中被略去的东西,可能便是一切故事发生的原因。

2013.11.11

《了不起的盖茨比》电影札记

自从十多年前初读菲茨杰拉德《了不起的盖茨比》，就非常喜欢，即使后来陆续读了他的其他长篇及短篇集，还是把这部篇幅不长的长篇推为第一。当人们惊讶于英国 Travelodge 酒店调查显示被游客扔下的书中，不仅有《五十度灰》还有《了不起的盖茨比》时，我却认为，可能这是阅读而非收藏的命运。经典与被扔下并不矛盾。

因为巴兹·鲁赫曼导演、莱昂纳多·迪卡普里奥主演的同名电影上映，《了不起的盖茨比》现在享受着旅客尚未退房的待遇。3D 技术与夸张盛大的歌舞为最大特色，可惜我是在长途航班上看的，无从领略，自然也无法赞同种种由表及里、由远而近的评论。

迄今已有5部电影改编自这部小说。在邻座沉睡的寂静中，我想很有必要看看巴兹·鲁赫曼的手笔。

读巫宁坤译本时，惊叹于首尾警句般的深刻；读Charles Scribner's Sons所出的英文版，潜行在尼克的叙述里，则折服于菲茨杰拉德文字的可口。非关爵士时代，亦非爱情，仅仅是遥望盖茨比时对林中的描绘。巴兹·鲁赫曼在电影里华丽富贵地展现了尼克的小屋与盖茨比的豪宅，一举消灭了我想象中的清寂。但电影的处理值得称道之处也在于此：将想象坐实，有的你不能接受，有的则突破了你的预期。

比如尼克，电影中他有了一个合理讲述盖茨比故事的情节——在精神病院里撰写这部回忆录，他的"受伤"也增加了戏剧效果，为倒叙部分增加了悬念。"讲故事"的叙事传统在上一个世纪的小说创作中发展得尤为完善，而又还没有到元小说的实验地步。和女主人公黛西相比，电影将尼克的地位提高了，让他成为强有力的叙述者，虽然主角的光环仍在盖茨比头上，但诸多的含义通过尼克的场次来表达。

盖茨比与布坎南为了黛西的爱情,这是小说显而易见的主题,暗含的是新钱与老钱的不共戴天。然而仅仅如此吗?尼克揭示得更多。作为黛西的表亲,他其实也属于老钱家族,但财力显然没有达到布坎南那样雄厚,来纽约发展,与家境、个人性格甚至价值取向都有很大的关系。在电影的直观表现中,实际上也解答了这样的问题。何以他对自己所属的阶层如此厌恶,而折服于暴发户盖茨比的魅力?

尼克是个配角,我想,正是因为自己是一个并不成功的角色,让尼克尚且有对周遭事物孤傲以对的本钱。一如我们熟知的不成功人士往往持有的激烈批判姿态。他从老钱队伍里出来,深知内里的种种虚伪不堪,而邻居盖茨比精力充沛、凡事乐观(成功者无不如此),更重要的是,他身上没有老钱阶级的势利偏见。两相对比,盖茨比的个人魅力征服了尼克。

读小说时,容易觉得盖茨比是不世出的情种。诚然,电影将此特征表现了,不过,亦投射了另外的东西。盖茨比定做的黄色敞篷跑车在那个年代的造价可以想见,何止是身份的象征。最近读到小白关于女画家塔玛拉·德·朗皮卡画于1929年的自画像的精彩论述,这张画中的塔玛拉坐在方向盘前,他说:

> 假如相信心理分析派陈词滥调的隐喻分析,汽车正是男性生殖器的延伸符号。不管怎么说,在当时,汽车是男性的领地,假如邓南遮早一点看到这幅自画像,看见画面中沉静控制工业时代男性战车的女英雄,想必不会作出如此轻易的作战计划。

当盖茨比与布坎南驱车往纽约城狂奔比赛时,二者并无区别。即使盖茨比苦心经营,修筑豪宅,大办派对,显示出他对黛西的不能忘情,尤其是希望与黛西结合的愿望如此强烈,但也不能不让人怀疑这仅仅是男性的征服欲罢了。当结合他的野心勃勃,结合他的志在必得,尤其是在披露其少年心智之路时,都足以说明这样的猜测。

盖茨比与布坎南冲突的失败,乃至这桩爱情的失败,表面看来似乎是女人屈服于老钱。然而即使没有盖茨比将布坎南揪住的失态，黛西亦未必肯跟他远走高飞。从本质而言，黛西是上层阶级培养出来的，所谓“资产阶级的审慎魅力”，本身就是与不合常规随心所欲相抵触，与盖茨比的来历不明纵横四海更不相容。五年后的悲剧与五年前乃是同一出。当车祸发生后，黛西就更需要躲避到安全地带了。

这一切都被叙事者尼克尽收眼底。我想是这样的，一个人为他人所仰慕，有很大的成分是弥补后者本身的缺失。作为老钱的一分子，尼克的境况不如布坎南，并且深知这个阶级的种种恶习，但盖茨比的成功，他的乐观进取，亦是当时证券所交易员所为之奋斗的吧。这样说似乎把尼克给庸俗化了，但我的意思是，尼克的这份敬仰，未必全部是为表现盖茨比的优秀，他尤其不是个完人，其中有对比，也有他力的作用，是个复杂的评价。

但无论如何，人性的污秽：自私自利、不负责任、不劳而获、放弃，以及盖茨比所代表的热情获取而终究又一无所获、为偶然事件改变命运，这是永恒的悲哀，它被叙述者承担，作为文学的核心价值保留下来。从某种意义上，这个世界的进步，靠的是布坎南甚至是盖茨比这样的人物，而文学所表现的，却绝不是丰功伟绩，只能是失败，是尼克所看到、所反思的一切。

电影无疑在落实和放大原著所体现的东西，因其手法的直观、直白，可能走样，也可能另辟蹊径。和 1974 年的同名电影相比，尽管巴兹·鲁赫曼的这部改动较大，而且不无夸张，但我喜欢他的种种夸张，他的种种简单甚至粗暴的总结。但《了不起的盖茨比》的经典价值并未受到损害。当尼克在完成的书稿上写下 GATSBY，再在其上追加 THE GREAT，这一幕让我非常感动。这是电影的创造性手笔，这个镜头足以包容进我们对这部经典作品的喜爱里。

2013.9.21

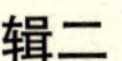

辑二

阅读·清单

看到微博上网友兔子老愚的一条微博《认识"文革"必读书》,罗列了如下著作:

> 古华长篇小说《芙蓉镇》,张贤亮长篇小说《绿化树》,老鬼长篇小说《血色黄昏》《血与铁》,胡发云长篇小说《迷冬》,沈从文家书《沈从文家书(1966—1976):离乱期的郁虑深忧》,梅志回忆录《往事如烟——胡风沉冤录》,季羡林回忆录《牛棚杂忆》,胡展奋撰写之《一万一千里路》。

这条微博经过网友的转发、评论,陆续添加了陈白尘、杨绛、贾植芳、严家炎、巴金、韦君宜等人的著作。开这样一份书单，相当于专题历史阅读了，能够给现在的读者一个阅读捷径。但更重要的是对于过去的读者而言，这份书单同样还是一份私人阅读史，时代、背景、自我，其间的震动、深思以及感动，凡此种种，不是那些简单的人名、书名便可以体现的，当然也不是百把字的微博可以讲述的。

开书单很简单（某种程度上也比较令人生厌），而只有结合到这种个人经历中，书单方才有言说的重量。“认识‘文革’必读书”这个话题最有意思的一点就在于此。这种书目的叠加，显示出了读者经历的叠加，一个读者当然可能经历过 80 年代的“伤痕文学”喷发期，也可能见证了 90 年代以后回忆录的大量“出土”，而再往后，更可能从无处不在的媒体上去认识诸如《寻找家园》（高尔泰）与《一叶一菩提》（萧默）这样浸透着各种说法的历史。这段对于经历过的个人而言是痛苦难言，对读者而言是复杂迷雾的历史。

简单地说，我们可以通过这样的书单去了解“文革”，但更该看到，有一部分人的书单必须要用上近三十年来的阅读经历。真正给予你触动、让你对这段历史有清醒认识的，很可能是一部不为人知的作品，一个忘了名字的小人物，一个叙述不全的故事。从批评的角度来说，没有背景，便没有论述，结论也就无从谈起了。

我仔细翻阅了微博评论中提到的“文革”主题书，经历确实是迥异的，我读过的相关书都不在此列，似乎也有必要为这个有意思的话题稍作补充，权作一个稍长的评论帖。

1990 年前后，一个非常偶然的机会，我可以看到 80 年代的很多杂志，其中有地摊读物，美女、村汉、警察、大盗，更有堪称大部头的文学期刊，如《收获》《钟山》《十月》《当代》等等。记得第一次读到马尔克斯的《百年孤独》，就是在《十月》杂志上，当时没有读懂，读得头痛欲裂，所以保留下来准备将来再读。

最让我着迷的还是中国人写的小说。现在来看，那是个“伤痕文学”大行其道的时期，但并不全是控诉。这些故事，大部分都是从“文革”中走来，置身在 80 年代，现实生活便是反思，深刻的反思、批判，但更有一种恢复、向前看的积极劲头。这明快的色调当然跟我初涉人世的经历有关，希望并不仅仅是回忆使然。

我的“认识‘文革’必读书”，第一本应该是宗璞的中篇小说《三生石》，讲述的是大学教授梅菩提在“文革”中患病的故事。我记得小说的题词是“小说只不过是小说”，这似乎是作者的谦辞，但小说确实有一种死而复生的淡远，所以我那时便记住了小说所引用的莎翁诗句：

> 那死后不可知的神秘之国，从不曾有一个旅人回来过。

这份带着悲观的旷达，与人物、故事都合调，和那个时代也合调，因为是那个时代里不重要的人、不重要的故事。

同样有“文革”浓重背景的，是李国文的长篇小说《花园街五号》。我记得共产党人刘钊、韩涛，还有圆滑的反面人物副市长丁晓，当然更忘不了敢爱敢恨的吕莎！清理过去，着手未来，这大概是《花园街五号》的任务。我后来重读，对刘钊、丁晓看法有所改变：圆滑未尝不是政治的必需品，倒是永远雷厉风行、敢于处死自己的父亲，才令人畏惧。但吕莎的美丽是永远的，丝毫没有改变。

李庆西、李杭育合著的《白栎树沙沙响》同样是高层落难的故事，似乎也更为隽永。杂志已经被虫蛀了，我因为太喜欢，遂在暑假中手抄一遍，用光了当时所有的硬面抄。相比之下，张洁的《沉重的翅膀》是现实感更多的长篇，错综复杂的历史遗留，给现实生活带来诸多不便、不快甚至不公，而一旦试图做出改变、试图前行，阻力便自动生成。但正义的、善良的人与事，即使再细微的作用，都值得为之欣喜。这部讲述中央机关的小说，一个细节我至今记得：某小人物每逢开会必洗耳恭听做奋笔疾书状，其实是在构思、推敲他的诗句。今天的官场上有这样的人物吗？恐怕没有。经过90年代的“崇高”之争，经过商品化大潮消费主义的洗礼，《沉重的翅膀》中所写的那种人的使命感、道德情操、饱满的意志力以及人格的魅力，可能和写诗的官场人物一样，少之又少。世道已变，人心亦然，小说创作自然不会再有这样的人物，甚至到了提及这些便觉得可笑、羞耻的地步了。

《沉重的翅膀》在杂志上分两期连载，我隔了好久才在地摊上找到下期，读了却觉得不如上期那么感动，后来再也未读过。倒是《白桦树沙沙响》《花园街五号》都买了旧版，作为纪念。其实，这些阅读往往只存留一鳞半爪的记忆，海岩《便衣警察》里的等待，王蒙《相见时难》里的惆怅等等都比不上《白栎树沙沙响》和《花园街五号》。对青少年时期的阅读而言，情感教育是很重要的一课。如果说小说中的环境、人情、历史，尚且需要阅读者去经历和消化，对感情的启蒙却是直截了当的。对我这一代人而言，既不是之前的身体力行实践派，也不是之后网络世界的视觉派，大概都是书本的教导吧。

这样的阅读大概持续了两个夏天。后来我叔叔不再收购旧书，蹭书读的福利就此结束，开始转战旧书摊。整个青少年时代，我对成都这个大城市的最大渴望，不是吃更不是玩，而是数不清的旧书店和书摊。和现在相比，用“数不清”不算夸张。从维熙的小说就是从地摊上淘的，太沉重了，让人没有呼吸的余地。

“认识‘文革’必读书”的另一个话题即在于此：当小说与现实走得太近，可能接近真实，但其文学性就削弱了。当我们试图从回忆录里了解这段历史时，会十分直接、具体地了解到个体甚至一部分群体的遭遇，也十分容易得出结论。从这个角度看，文学创作没有这么简捷的路径，但也正由于文学的虚构性和容纳性，往往可以给读者提供更多的触发点。作家是更高层次上的总结与阐发，这个结论需要更多的解释，但简单点说，既存在回忆录的真实，也存在小说的真实，一如存在着回忆录的不真实与小说的不真实一样。面对历史，不仅仅是还原，还有留白。阅读者有呼吸的空间，才能更好地去体会。在我的理解中，这是文学的长处，即使你全部忘记了它的训诫，但还是会隐约记得一些故事，一些细节，而它们和你有着紧密的联系。

2013.10.3

给小艾的信:特殊年代的家书

1969 年是中国“文革”的第四年。上一年年底,毛泽东发表了“知识青年到农村去”的指示,上山下乡开始。而 1969 年更是大事连连:3 月,中苏在边境珍宝岛发生武力冲突;4 月,中共九大上林彪被指定为毛泽东的接班人;11 月,国家主席刘少奇在开封去世。接下来,1970 年 8 月,为国家主席的设立,在九届二中全会上毛泽东与接班人林彪意见冲突。1971 年 9 月 13 日,林彪摔死在蒙古国。1972 年 2 月,美国总统尼克松访问北京,与周恩来签署了《上海公报》。

1968 年还有一件事,即黑龙江柳河干校被命名为五七干校。五七干校是根据毛泽东的“要把全国各行业办成一个大学校”的思路创办的，并且还要坚持在这个“大学校”中既抓生产建设，还要进行文化革命斗争，对知识分子进行劳动改造、思想教育。柳河五七干校是1966年5月7日毛的五七指示下发后全国第一个以此命名的干校，此后五七干校在全国遍地开花，据资料统计，“当时包括中共中央、国务院等大批国家机关在河南、湖北、江西等18个省区创办了105所五七干校，先后遣送、安置了10多万名下放干部、3万名家属和5千名知识青年。”

位于河南省信阳地区潢川县的黄湖五七干校正是这个年代里众多干校中的一个，而丁午也正是这10多万名下放干部中的一员。当时团中央系统的干部下放在河南农村，任职于中国青年报社的丁午1969年来到黄湖五七干校劳动，直到1974年随机关回北京。1969年丁午38岁，他的女儿小艾8岁，留守北京。为什么要提到1969年至1972年这段时间的大事？乃是因为丁午在这段时间里，给小艾写了61封信，每封信都配上插图，计有277面，这些信大都以“亲爱的小艾”开头，以“爸爸特别特别地想你”结束。这批历经将近半个世纪的信件，历劫不灭，今年整理出版。生动

又饱含父爱的文字，灵动又俏皮的插图，呈现的是一个奇特的文本，打开的是一个独特的世界。

丁午的父亲蹇先器曾经留学日本，后来成为中国皮肤病和性病学科的奠基人之一。母亲是日本人。六七十年代的丁午，还只是中国青年报社的美术编辑，他后来创作了不少长篇连环画，并且参与创办和主编了《儿童漫画》和《漫画大王》月刊，他还是最早引进日本漫画《机器猫》《樱桃小丸子》的人，“机器猫”一名据说就是他所起。今天大概知道这位“漫画大王”的读者不多，但这部书信——《小艾，爸爸特别特别地想你》，人民美术出版社2013年1月版，今天值得了解，不仅是因为充满了强烈的父爱和时代特色，准确一点说是超越了时代特色，而且这份珍贵的记录，是一部家史的横断面，也是中国历史的一个横断面，还是中国儿童史的上佳材料。

干校故事在丁午的家书里呈现特别的面貌，即使这些内容后来屡屡为亲历者所记录，所控诉。这都是因为8岁的小艾的缘故。为了向女儿讲述自己的乡下生活，丁午以他擅长的图画调配信件的内容，一幅幅简洁生动又传神的速写，融合在文字中，向北京的小艾讲述故事。他做木工，改料，做门，做泥坯，盖房子，养猪，喂猪，插秧，割麦子（经常要走很远），挖鱼塘，修水库（任务重的时候，凌晨4点钟就要起来）。信中不经意地提到手脚受伤，也生病，但传递出的是“小事一桩”。这本是知识分子臭老九受教育改造自己的劳动，他忽略了繁重、忙碌和劳累，而是想让小艾感受到这些活路中的好玩和有趣。于是琐琐碎碎地写农场里的几条狗,来了不受人待见的小黑猫,饲养的猪,还有如何杀猪、杀牛甚至捉蛇吃蛇。他写到一起下放的同事(小艾的叔叔阿姨)给予他的帮助。在信里,这个爸爸热切地盼望女儿的信,盼望她来到干校的那天,可以一起去游泳,可以带她去见识信里面写到的各种动物。

在四年的信里,唯一提到的大事是珍宝岛事件,唯一提到干校的真实生活是很晚还要学习,唯一让我们意识到那是处在什么环境下的,是叮嘱小艾“我的信你不要给别人看”。

关于干校,关于“文革”,关于 1949 年后中国知识分子的遭遇,已有不少回忆录与研究,披露的是时代洗礼中知识人内心的彷徨无依,在阶级斗争为纲的环境下人与人关系的恶化和不堪,尤其是在亲人之间。斗争关系也产生了如高尔泰和萧默回忆录不同的现象。同与不同,孰对孰错?重要的是他们写下的都是时代的记录,足以让后人看到一代知识分子的内心是如何改变构造,不无鉴往知来的作用。

丁午的笔下没有硝烟,没有斗争,这是因为收信人的缘故,但我更相信这是丁午的缘故。他的同事、好友沈培金回忆:

“我烧砖。丁午做木工班头儿。他手下有个戴着反革命帽子的真木工马家斌。丁午大声唤:‘马家斌过来!’马小跑,毕恭毕敬站在丁午面前。‘丁午同志,什么事儿?’丁午:‘给你支烟抽!’”

可见其为人的不拘泥,风趣。“小艾,爸爸特别特别地想你”,最多的一次,丁午用了 10 个“特别”。我想,丁午充满了爱心、童心,也是富有诗人心灵的一位艺术家,他是多么的不羁!他所饱含深情描画、叙述的乡下物事,对女儿的思念,都毫不做作,是那么的直接、自然,发自肺腑,是那个在我们的认知里充满了灰色、白色和黑色的时代里最痛快的心灵表达,直到今天读来都令人动容。这也是那个时代的一份心路历程,同样是真实而值得珍视的。

也正是这个原因,我曾把这些故事比作“美丽心灵”。

这些信件不是虚构的文艺作品，而是在我们的历史里存活过，现在也保存着。与其说里面有道德勇气，不如说里面有一位父亲的爱的直觉。

1972年8月30日，丁午写了一封信给小艾。这组信终结了。因为家庭变故的原因，小艾来到黄湖五七干校和爸爸一起生活了两年，领略到了信里面写到的事物，在此上学。“两年的时间里，给我留下了数不清的温馨的回忆。”当我们从流行的政治解读里接触到这个年代的中国小孩子形象，十分有必要想一想小艾，这个被爱拥抱的小女孩。她是那个年代的一抹亮色。

2013.6.6

做豆腐的小津安二郎

山田洋次因翻拍电影大师小津安二郎的作品，这两年来深受关注。不过，小津的作品被翻拍不是第一次了。十年前我看过翻拍的《东京物语》和《秋刀鱼之味》，因有宇津井健（《血疑》里面饰演大岛茂）和松隆子（《东京物语》里饰演原节子），所以记得特别清楚。今春在香港访书，见到最多的，一是台湾联合文学版的夏志清的《张爱玲给我的信件》，其次就是号称“小津安二郎人生散文”的这本书——《我是卖豆腐的，所以我只做豆腐——小津安二郎的人生散文》（台湾新经典 2013 年 3 月版）。

有关小津的论著，目前见到的并不多。虽然这本书乃是选编小津一系列的文章：口述、访问记和书信，但其

中透露的导演经历与思想，足堪与其他论著参照读。尤其是现在也出了大陆版，更有必要一谈。

如果你是个电影迷，小津总是绕不开的一个导演。我还记得在VCD、DVD时代，每淘到一张小津的作品的那份狂喜，直到入手他的全集。现在看，和那时候慕名收下的某些大师的作品不同，小津的电影几乎人人能看懂，而且经得起重看。主观点说，小津电影中对家庭家族的聚焦，对日常的关注，始终能打动我们。面对那种最简单最质朴也是最直接的情感表述，很难不为之感动，即使你并不是日本人。在这本书里，小津“卖豆腐与做豆腐”的论调，发表在1951年11月号的《映画新潮》上：

> 问：不过，随着世间及事件激荡变化，不是人类极其自然的一种心境吗？
>
> 答：那种情况就是让擅长那题材的人来做就好。例如，有人会制作纳豆，有人会做油豆腐，有人会做豆腐。如果是我，只做纳豆就好。而同样是纳豆，我会做不同的纳豆，而且，是竭尽全力去做非我来做不可的纳豆。

这种“做豆腐”理论，通过他一系列的电影观表达出来。比如：电影以余味定输赢；拍电影没有文法；拒绝使用移动重叠淡入淡出等拍摄技巧，也拒绝正常高度的拍摄方法，而使用由下而上的仰视构图。据说摄影师厚田雄春因此患上胃病。小津的解释是为了避免在满是电线的地板上来回折腾。

他的固执成了风格。在《拍电影没有文法》一文里,他交代了自己走上导演之路的因缘,既有如花絮一样的,因为叔父把场地租给松竹公司才"走后门"进公司、在食堂因不满服务员先服务导演而大打出手。也有严肃的,比如美国电影对他的影响,尤其是导演刘别谦的作品。

因为时代所限,小津的一些言论今天看来已经过时,如对片场制度、对明星及演员的不同看法等等。不过,这部整体上较零碎又清浅的文章结集,显示出小津诙谐幽默的一面。他想拍古装片,还发了一点牢骚:

"现在的古装片,演主公的都是剃着武士头,好像《枕草子》里的人物似的白净光鲜模样。可是主公也会有感冒,不修头发的日子,或是刀片刮伤,贴着膏药出场的时候吧……"

在文章《这里是楢山》中小津写道:"年轻时候的母亲是魁梧高大的小姐,现在依然是高壮的老婆婆。我虽然没有背过她,但肯定很重。"在《楢山节考》这部片子里,子女要背着父母到山上，遗弃他们，让他们等死。凡是看过这部电影的人，都能从这诙谐里感到悲哀吧。

从小津的幽默可以联想到他做的“豆腐”里类似的风格，佐藤忠男在《小津安二郎的艺术》一书中有专章分析“幽默”“讽刺”等特色。但为何我们一想到小津电影时，总是会忽略这些轻巧、机智、有趣的部分？读这本《我是卖豆腐的，所以我只做豆腐——小津安二郎的人生散文》，再次让我确认了这种感受。它非常不同于德国导演维姆·文德斯在《寻找小津》一片中洋溢的文艺气息，那样抒情甚至是感伤的格调。同样，也不同于这十多年在逐渐“普及”小津时呈现出的较为单一的赞美。这本书中有小津更容易被忽略的一面。

1952年发表于《东京新闻》的《我的电影之路》一文结尾，小津举了一个关于音乐的例子。在中国修水河渡河战一役中，小津在第一线，“战壕附近有一棵杏树，开着美丽的白花。敌军展开攻击，迫击炮弹咻咻……飞来，机关枪哒哒哒哒……响着，中间还夹着轰隆的大炮声。一阵风吹来，白花非常优美地飘散下来。看到此景我心想：

这也算某种呈现战争的方式啊！”对小津而言，这是残酷的美学经验，但对中国读者而言，则是残酷的历史。他使用的“敌军”二字，是何等刺眼！

就文字而言，《我是卖豆腐的，所以我只做豆腐——小津安二郎的人生散文》是比较浮光掠影的，但值得留意处亦在于其副标题中的“人生散文”几个字。书中收录的 14 封战地信件、8 篇“在战地思考电影”的散文，其中还有不少堪比白色的杏花那样充满美感与哲理而又寓意悲哀的故事。他写到士兵身上的虱子，写到拨开田里的蝌蚪然后喝水，他怀念同样参军但战死的导演山中贞雄，想象这位挚友在战地医院的死亡，并且想过如果自己战死，骨灰运回日本，“请帮我好好地在上面浇自来水。”但无论如何，当一个中国读者读到小津书信里在中国的路线：上海—嘉定—太仓—常熟—无锡—常州—丹阳—镇江—扬州—六合—滁县—定远……大概是很难平静的，“在战地思考电影”同样让人难以释怀。

因为是导演，小津被允许带相机，他拍了四千多张照片。对我们而言，小津是导演，但也是参与了对华战争的一名军人，而且他所在的部队，乃是野战瓦斯部队。对于毒气战，在田中真澄所著《小津安二郎周游》一书中有详细的论述，对于这支部队的战事，小津所参与的战事，都有剖析。小津回国之后，在一篇访问记里说"战争体验很难得，我会好好收藏在心里"。我以为，对中国观众同样如此。我想，热爱这位日本导演，就有必要深入了解他，他的电影有思想可以追寻和把握，他的人生同样如此。而且这样的了解并不矛盾，反而更能显示出人性的幽微复杂。

佐藤忠男在分析战场归来的小津及其《茶泡饭之味》时说，这是小津某种"耻感"的产物。他认为小津抱有一种"非社会、非政治的态度，就是对自己的才能抱有自信的工匠一类的态度"。这大概是能衔接上"豆腐论"的。而到了50年代，"豆腐论"的背后正是保守与新潮、技艺与艺术的交战。小津与年轻导演吉田喜重的冲突、副导演今村昌平改投别人门下，都足以说明"豆腐论"的时代氛围，小津和他的电影、他的时代是交织在一起的。

2013.5.30

林文月的人生散文

读林文月的散文，对于她极受人关注的一类作品，如《京都一年》《饮膳札记》《三月曝书》等，往往甚少感触。但她忆旧怀人的文章，如怀念台静农的《怀念台先生》《台先生写字》，怀念台静农与郑骞的《从温州街到温州街》，一字一句，平平淡淡，却令人低回。有一些无关名家的平常篇目也是如此。这是最近读她的散文集《人物速写》的第一感受。先读《人物速写》的代跋《致 M.N.》，里面写到她高中时曾经徘徊在文学与绘画之间，无从选择。是教美术的杨老师给了建议：

“去读文学吧。学艺术，像我这样又有什么好？

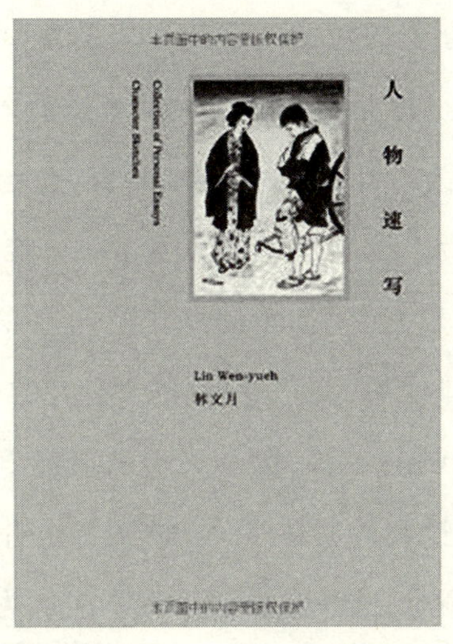

全校也没有几个真正喜欢美术的学生。”他淡淡笑，带些无奈和牢骚，“你可以把画当成一辈子的嗜好。那样子会比较快乐些。”

稍熟悉林文月散文的都知道，类似的场景与对话，也出现在林文月其他文章中。那是她儿子中学时学理还是学文时母子的对话。这位年轻的杨蒙中老师没有教林文月多久,他是在林快要大学考试前才来的。虽然短暂,但对于爱好绘画的林文月而言,在杨老师课上学画石膏像却是“我高三的枯燥生活中,唯一快乐的时光”。这种快乐,还包括她向这位杭州艺专的毕业生问些其他的事:“他对我谈一些读杭州艺专的往事,他的师长,他自己习画的经验,以及关于画理美学的问题。”很显然,即使是投契的师生关系,林文月也并没有选择绘画作为终身事业,选择文学似乎亦不能认为是老师的建议。但这淡淡的场景、对话、往事,都在文字的重现中证明记忆悠远的力量。是文字复活了人,它虽然只是大致地呈现故事,却能在粗略中表现细致,平淡中经营意蕴,让读者从有限中认识无限,领略到生命中必然的丧失与偶然的存留。所谓不胜今昔之感,是最可以在中国散文中体会到的。

在这篇跋文中,林文月谈到文章的写法,谈到文学与绘画的区别,她看重文字所营造的氛围。不过,读她笔下的人物,往往要想起《约翰生传》的作者包斯威尔的名句:

“先生,我最喜欢的是文学中的传记部分。”正是借助她的白描与速写,台静农、郑骞这些学者的风貌才广为一般读者所知。

《人物速写》是林文月 1997 年至 2003 年间在台湾几家大报刊所发表的十篇散文的结集。都与人有关,题目都以人名的简称代替。如第八篇 F,熟悉的读者不难看出那位九十多岁还在写字的老太太即是张充和。F 者,傅汉思(Frank)也。这里固然也有名家的身影,如捷克查理大学的汉学家 L,与日本小说家樋口一叶虚拟对话的 H。但大部分是普通人,是作者的友人,她所认识的人。J.L 是她的一位相当年轻的学生,C 是为她父亲主刀的医生,A 是她当年留学日本时结识的料理店老板娘,G 是多年友人,J 是护理她丈夫最后时光的美国护工,A.L.是佛罗伦萨饰品店 Mario Buccellati 的职员。

这次与《人物速写》同时推出的《写我的书》里,有林文月为其另一位老师郑骞的诗集《清昼堂诗集》所写的长文。正是这位郑先生,曾经是这样指导林文月的论文:

我的学士论文《曹氏父子及其诗》，是郑因百先生所指导。至于硕士论文《谢灵运及其诗》，题目的选定是颇有趣的。我考取研究所那一年，郑先生第一次在台大开“陶谢诗”课，上学期讲渊明诗，下学期讲灵运诗。一个冬日午后，我和同时考取的同学王贵苓步入第四研究室，她穿着蓝布旗袍，我在黑衣上罩了一件织锦缎的褂子。那时代，女大学生穿旗袍是很普通的。郑先生看到我们，忽然说：“你们两个人今天穿的衣服，一个像陶诗朴素，一个像谢诗华丽。你们就一个做陶诗研究，一个做谢诗研究吧。”那已经是四十年前往事了。

因缘际会，得以亲炙当世名家大家，等到落笔成文，即使不以“材料”取胜，文章主角的大名、著作亦足以为世人所推崇。这似乎是顺理成章的事。像林文月写的台静农平生小事一样，郑骞这则逸事不仅富于文人趣味，更能反映出一个地域与时代的学风，是值得流传的珍贵“材料”。不过,传记文学之美妙,是否仅仅在于这样的“材料”?当操之于资质平平的写作者之手,是否依然令人低回不已?这样再回过头来看《人物速写》里的普通人故事,反而让人重新观察她的笔法。在这十篇故事中,只有A是与名家有关的(参见《写我的书》里《论语》一文,大致可以猜得出名教授的身份),这则不伦恋情,准确点说是虐恋,尽管会给人猎奇感,但文章的感人之处仍旧在于:这是我一个朋友的故事。作者下笔所捕捉的,是生命的变化,她把故事拉长到了主角从年轻到年老,这背后不尽的言外之意,哪里仅仅是一点八卦呢。像G这样“相识几近三十年,但由于彼此都有些矜持与腼腆的性格”的朋友,忽然披露自己的身世,这其中有台湾一代人甚至几代人的背影,但也和其他篇目一样,包含的是平淡的力量。

关于美国护工J和佛罗伦萨店员A.L.的两篇人物速写,是我最喜欢的。当然,是因为这两人性格特别、生动,但更重要的是写到了林文月的先生。林文月的先生郭豫伦是画家,可以参见《写我的书》里《郭豫伦画集》一文。

两篇都与丈夫的死有关。J 一文难免写到离世，而她在佛罗伦萨，则携带着先生的骨灰。这两处笔墨都相当少，是让我们去看故事主人公的特别与精彩，但要是没有这相当少的笔墨，这两篇速写不会呈现这样的形态，这是无可疑议的。

和《三月曝书》等书相比（也包括《写我的书》），《人物速写》这一类文章不是随笔，似乎更符合我们对于中国散文的定义，深受来自古典文学的影响。毕竟她是学者、翻译家。乐景写哀，哀景写乐，既有安排，也属天赋。尤其应该指出的是蕴含在字里行间的节制，正是节制显示出感情的丰沛，对命运的不忍，对生命的顺从。记得学者王元化曾经谈到过他的妻子张可，说她“对生命不紧张”。林文月的散文也透露出对生命的不紧张，她淡然的字句里面有一种舒缓和从容。细读这十篇中的人物，又会发现颇似小说人生。小说有小说的写法，小说也有小说的况味。所谓速写，是白描、是记录，但不是议论不是评价。读完此书，我又翻手边林文月的散文集子，类似《人物速写》这样风格、形态与深度的，不是没有，但编排进《人物速写》这本书的文章,本身的意味要远远大于它们自身。这是一部有着悲剧色彩的散文集,起于年轻热烈的毕业生,终于死者亲属的漫游,中间是芸芸众生。在林文月的作品中,这也是一本很不一样的散文集。美国小说家麦卡勒斯曾说散文应该潜藏诗的性情,诗歌则要呈现上乘散文的清亮和通达。那么读林文月的散文,似乎还可以加上克制。

附记:2012 年 10 月,林文月的女儿郭思敏在广州方所书店举办建筑雕塑展,林文月同行,并在方所做了《从〈源氏物语〉的翻译谈起》的演讲。看到报道,第一次反应过来她已年过八十(生于 1933 年)。我的阅读记忆还停留在上世纪 90 年代初读港台文学时,她和张晓风、林海音、简媜等台湾女作家似乎都定格在中年状态。作家的年龄在读者那里有可能是一直冻结的。读完广西师大出版社两种新版之后,上网查询方知,《人物速写》台湾联合文学出版社 2004 年出版,《写我的书》台湾联合文学出版社 2006 年出版。无论是东方还是西方,都看重作品的时间地点，读引进版亦当注意。

2015.2.26

书评教父如是说

南方朔的专栏结集《有光的所在》，书封上五个字堆得很奇怪。随手翻翻，就看到《一个塞尔维亚诗人的告白》，文中收录了华斯可·波巴（Vasko Popa，1922—1991）的三首诗，这让我收起了“钉书钉”（粤语，意思是在书店读免费书）的打算，立即买下了。十五年前混录像厅，每晚七点钟按例是要放香港大片的，某晚不知道老板发什么神经，塞了一部十分奇怪的电影，看得人晕乎乎的但又记忆深刻。那时候年轻，口味兼容并包，硬生生挺过来了。有过录像厅岁月的朋友应该明白，所谓奇怪的电影，港产片也有不少。这部让我晕乎乎的《山雨欲来》（Before The Rain，后来有一个广为人知的译名《暴雨将至》)，我记得最清楚的就是电影开头引用的诗：

鸟儿吱吱叫着飞越漆黑的长空
人们沉默无言
我的血也等到痛了

是这几句一直记得的诗促使我买了《有光的所在》。回来翻旧笔记，却发现不对。作者叫 Mesa Selimovic。

那么就读南方朔。

一般来说，专栏文章既已读过，结集就很少买来读了。不过，好就好在专栏结集文章短，好看可以一气读下去，不满意则跳着看，也可以随时放下。恕我不能像等专栏那样苦等了。《有光的所在》勒口的介绍说，南方朔是《亚洲周刊》的主笔，台湾最为重要的时评家、政论家、书评家，博览群书，是台湾书评界的“教父”。附会另外一个形象来表达自己，比如“穿裙子的马尔克斯”这样的，对混江湖来说几近惯例，也无可厚非，因为可以给完全不知情的读者较为准确的第一印象，但是否准确就是另外一回事了。我倒是听到过朋友参加了“教父”与一些大陆学者的研讨会，回来赞叹他视野广阔。2006年诺贝尔文学奖公布之后，读到“教父”在《中国时报》的《人间》副刊上的评论《帕慕克的深度　关切各种人的生活方式》，虽属急就，总还没有惯常读到的“我与诺奖得主……”那股附骥的味道。对我来说，这两种印象很重要，甚至比作者是不是“书评界的教父”还重要。

这几年常听到一种说法，大意是台湾传统媒体的副刊日益萎缩，人文阵地一去不复返，同行如我不免有些杞忧。但是《有光的所在》这本书里的文章最初是发在台湾《自由时报》副刊上的（见该书自序），这能否小小说明一下问题呢？书中《西南联大的旧教科书》一文有这么一段：

> 《未央歌》写西南联大的小男小女，它温馨可爱，可是连一点点时代的信息都未曾在书中出现。看着《未央歌》，想着西南联大那些教科书，到底哪个西南联大才是真正的西南联大？梁实秋写文章很少写实

景实况，但在《雅舍小品》里他写西南联大教书的那个时代，多少也还透露出一点时代的讯息，太写实和太不写实，都是矫情，鹿桥是后者。

《未央歌》因黄舒骏之故在大陆久有盛名，大陆版出版后也颇见评说，但如南方朔所批评的"矫情"，却似乎从未有人论及。

从西方古典汲取养分自然不稀奇，及时从西方的人事梳爬出中国读者感兴趣的内容，既见视野之广，也可见出手笔。如写到教宗保罗二世的诗歌，西方华裔作家的状况，黎元洪的后代黎里洋，都可见其广博，对资讯的把握尤可见其对书评的专业。这个年代，并非占有的信息越多越好。我当然佩服他一文一事均有所指，指向他生活的台湾社会，不论一段文、一句话、几个字究竟能产生多大的影响，但确实尽到了一个作家占有几百字豆腐块那点阵地的应有之义。面对大众，说出一些真实的有价值的东西。比如由英国诗人奥登吟咏政治的诗歌所发的议论：

类似于奥登这种境界的诗，在近代的欧洲可谓车载斗量，也正因警惕到当权力可以摧毁一切，而"被打败的历史，在惊噫中不会援救也不宽恕"，人们对权力的危险，对人治的恐惧，以及对各种虚构的神圣性遂格外有所警惕。戴高乐乃是法国近代少有的英雄，1969 年企图扩权，立即被百姓驱逐；尼克松当年选举赢得山崩式的胜利，水门一案也被拉下台来。进步国家与落后国家的分野，在于进步国家能从古往今来之中领受到教训，不让一切事务发展到不堪闻问时才知停手；而落后国家则是知识分子、政客官僚以及大众都缺乏胆识和觉悟，不到大难临头就不会回头。进步与落后的差距，在于进步国家会把极端政治的光谱缩减到很窄的范围内，落后国家则否。

这样的观点什么时候看都不过时。就诗评而言，领悟与阐释都非常到位，读过长篇诗评的朋友或许会有体会。不过，正如我欣赏南方朔对《未央歌》的评价，他对文化人物、文学作品的寥寥数语，往往如短兵相接般直接有力，直中要害。他评价林语堂之“琐碎”(《歌颂琐碎》)，即见心思：

他所处的时代，太多人不是赶搭这个政治巴士，就是抢上那个权力轮渡，只有他自动靠边站，宁愿当个“热心人冷眼看人生”的哲学家。就是这份耐得住寂寞的胆识，不想在浪尖上逐高低的本色，就已极为稀罕……

我最喜欢的还是他的《生活的艺术》，全部在说食衣住行等琐事，最后则将人的有品无品归结在生活中。人必须懂得在生活的琐碎中治理自己，而品格的高下也就隐藏其中。这就是有格调的琐碎。

而能以格调自期的人，当然不喜欢和别人讲一样的话，也不会去附和那些每个时代的八股。他喜欢和普通人厮混，宁愿逛街，在人与人之间寻找趣味，做真正的自己。他也评论时事，但不是用自己代表了真理的那种态度。一大群以天下为己任的人，最后一定弄坏了天下，他可没想加入那样的行列。他只想做个真正的自由人。

这段评价与其说是关于林语堂的，不如说是关于林语堂的对立面的。林语堂固自少见，但众所周知，“用自己代表了真理的那种态度”的人可是每个时代都不少见，而我们往往是在这两者之间的芸芸众生，知晓这两者之不同分属。

这些琐碎的地方还有很多篇，如基因、租书摊、打工回忆、萤火虫、骑楼，等等。如何将经历、才情、智慧融合于千字之中，自然可以明了短文章的难写，这也是书评、专栏这类一次性消费的文字产品试图进行二次消费甚至多次消费的必杀技软？

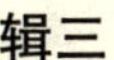

辑三

在清迈

从澳门登机，无书可读。买天地版的乔志高自选集，颇有其谈美国专栏作家包可华之感。世易时移，隔了许多层。于是借了队友的 Lonely Planet《泰国》来看。定下去清迈，却是到了出发前一晚才匆匆在网上“攻略”了一番，无他，因为十几号人马，其中有几个来去几次的队友，自然就依赖起来。书上说，清迈是泰国北部各府的中心，人口 170 万左右，在古代则是丝绸之路一个南部分支，意味着这个城市与中国关系密切。

看地图，这个城市最醒目的标志，一是北边靠着的素帖山和清道山，二是城市的中心有四四方方的旧城。这是此行的目的地。不过，我最感兴趣的却是“这座城市最值得称颂的是持久的兰纳(Lanna)特色,古色古香的围墙区内满是寺庙”,寺庙数目近300座,其中121座位于市区。

记得几年前从白马寺出来,偶然一瞥,有个路标是去永宁寺若干里。永宁寺是《洛阳伽蓝记》所记载的第一座寺庙,那年就是在洛阳周围的漫游中读完了这本书。书中记载北魏时期洛阳的佛寺园林大约50座,沿其兴衰,展现一个朝代的政治、风俗。

如果带上《洛阳伽蓝记》去清迈,想来不失为好点子。

早上听队友大谈消夜佳美,听说找到了一家潮州人开的餐馆。我因为腹痛早早睡下,只见识了比“和胃整肠丸”更地道的“行军散”。上午九点钟,本地时间八点,阳光刺人,宛如盛夏。从楼上远望,除了入住的酒店之外,高楼不多,但也看不远,空气质量并不是特别好。街上无人,只有小型敞篷客车和嘟嘟车呼啸而过。货币兑换店尚未开门,来过的队友说因为是周末,不过有名的僧侣施舍却要更早。酒店门口有几辆私家车,晒成深色的司机热切地看着你。很热,似乎已经很晚的样子。一行人最

清迈街头（水彩）

终选定坐敞篷客车去古城，人均20泰铢。泰铢与人民币的汇率大概是4.47：1。

清迈的敞篷客车大约像中国的小巴（嘟嘟车则像三轮），窗户开得低，看不到什么风景。当时并不知道离古城有多远，古城有多大，结果走了一整天。

从东门塔佩门进入古城。门前有个大广场，据说这也是周末夜市。但实在很难说是“城门”，倒像是个缺口，黄色的城墙不高不厚，进入古城的第一条街就更失望了：路的两边挖得如同中国的街道，路又不宽。像预想的一样，在这样的旅游地，小吃店、酒吧比较多，城里只是旧房子而已。

这样的观感在遇到第一个寺庙时就被忽略了。就像旅行指南所言，城里遍布寺庙，一旦你进入了第一座，接下来便无处不在。而且寺庙的形态、特点、风格全吸引了游人的注意力。就是在布满沙砾的路上，也是为了去找去看下一座寺庙。就是这样的感觉。（后来几天在清迈城里闲逛，站在一些寺庙门口我也是这样的感觉。）

略记我被吸引之处如下：

盼道寺(WAT PHAN TAO)。沿街有一个很窄小但古拙的门,这座寺庙的特点是大殿为柚木建造,大殿内陈列着一些小型佛像,据说以前是铸造佛像的地方。人很少,在大殿里坐了一会儿。几个虔诚的佛教徒在我的前面。寺庙的一边插满了黄色的经幡。

大佛塔寺(WAT CHEDI LUANG)。还在盼道寺的院子里,便看见一座高大而颓圮了的古建筑,这便是大佛塔寺,据说是古代清迈最高的建筑之一,今天可能也是最高的寺庙。这座寺庙无愧于其“大”,大的庭院,大的佛像,大的主建筑佛塔。四个方位的神龛,九头蛇,南边的三角墙上有五尊大象雕塑,最右边没有耳朵和象鼻的那尊是原作。大佛塔寺就是一座古迹,身为废墟而不失威严。供参拜的寺庙,在其前面有一座,在其后面有一座。在烈日下绕着这座古迹走了两圈,这时,一个年轻的僧人拉响了钟。

帕辛寺(WAT PHRA SINGH)。我们沿着古城夜市街道一直向前,尽头便是帕辛寺。寺里供奉着清迈最受崇敬的佛像狮佛帕辛,大殿前的神鸟形象是皇家的标志。

帕辛寺内部结构丰赡，既有宏伟的大殿，也有供奉狮佛的佛堂、佛塔、经文图书馆等。据说主殿供奉的是形体大却并不重要的 Thong Thip 佛，但依旧人潮如涌，可见其香火之盛。于是从卖工艺品的一边绕过去，后面竹林、树木掩映，佛堂前空地洁净如洗，佛塔前香火缭绕。旁边供游人休息的树林里，忽然传来几声鸡鸣。绕到大殿前，依旧人来人往，站在那里，看了半天台阶上各式各样的鞋子。有两个黑衣女子走过，主殿旁边有更多穿黑衣的人，可能有葬礼。

上世纪 70 年代，LP 的创始人托尼 · 惠勒和莫琳 · 惠勒第一次到清迈的第一个清晨，就去了古城西边的松德寺。出来后，发现摩托车被偷走了。相比之下，我们的运气不错，在帕辛寺不远的一条巷子里，找到一家极为道地的清迈小馆子，饱啖一顿。因为全无要吃好的准备，风卷残云之后才逐渐回味过来，已经不大记得菜谱。接下来是困乏、无所事事的下午，一行人作鸟兽散。我们几个人边行边逛，进了一条小巷子，随便找了一家貌似酒吧的地方，要了冰啤酒，商定明天骑摩托车下乡。泰国的 Chang

牌啤酒很好喝。又沿路走回塔佩门，路上已经看不到乱糟糟的施工，一个接一个的夜市档口完全把挖开的地方填起来了。

如果你这天在清迈城看到这么一队人马出城，无疑正是区区一行。

王宝强在《泰囧》里上传有两头大象的酒店，我们就在它旁边租了六辆摩托车。押护照，每辆车一天 200 泰铢，并不贵。清迈有很多日本车，包括不少摩托车也是日本牌子。因为要靠左行，更重要的是，或者说，更要命的是熟练的司机只有两个，于是，在去加油的路上便丢三落四了。我紧随持手机地图的冯卡乐兄，加油后先开到古城西南角等其他人。好不容易汇拢，再上 1004 号公路去木雕村。

这一天最愉快的经历，是骑车领略从木雕村到清迈大学这段的乡村风貌。木雕村是专卖旅游纪念品的地方，无可叙述，唯一可记的是买了一尊巴掌大的佛像。寄生于街道树上的石斛正开花。我也种了石斛，却从来没有这般生机勃发。乡间所见，确实是乡间的事物，是原生态的，但并不贫穷，门户之间可见生活的优裕，但也没有大兴土木、GDP 宛在眼前状。

只有一处，发现有个大型的豪华楼盘刚刚竣工。清迈大学在西北角，沿途更有山野气，我们像走街串巷的百货商人，走走停停，为一大片的稻田，为甘蔗林和一处无人拜祭但金碧辉煌的寺庙。也听听远处的鸟叫。沿途看到鸡蛋花白色红色都有，有一段路两边一丈多高的黄花风铃木一直开着，落了一地，简直像去往世外桃源一样。在暮色中到了清迈大学，静静地骑了一圈，合影后发现后面的建筑挂着孔子学院的牌子。然后汇入回城的车流，去找传说中的“千人火锅”。

除了在路上摔了几跤，今天无疑是圆满的。晚上的千人火锅，人均 199 泰铢，自助，也吃得极好。托尼·惠勒和莫琳·惠勒行走东南亚的时候，泰国的游客还是些从越战退下来的美国大兵。吃到半途，听到邻桌不仅是中国人还讲成都话。而我在古城差不多可以分辨出哪些人是我的同胞，即使他们不出声。也许我的脸上也有一股急匆匆的焦虑之色而不自知。

清迈街头(水彩)

熟悉的事物如此之多,令人不熟悉的事物又何尝不是。上午在等队友会合时,才发现我的摩托车竟然没有牌照。但是街上并未见到交警。清迈人无论是骑摩托车还是开车,速度都非常快,非常快。但是他们无一例外地遇红灯即停,无一例外地从支道进入主道时是停下,避让直行的车辆。自行车是如此,行人更是,让另外的行人。无一例外地在路边开自己的车门时,向后看车。

而整整一天我都没有见到一个交警。事实上在清迈的四天里,除了在海关见到穿制服的,其他地方根本没有见到警察。没有事故,除了我们自己摔了三次,他们的交通是怎么维护的呢?他们的驾照是怎样考的呢?我很想知道这些。

无疑,我对清迈这个城市充满了好感,我想了解它的城市史,大到三百多座寺庙的前世今生,古城自 1296 年建城以来的大人物与小人物,小到每个建筑物前面神龛的造型,每个街道路牌的设计风格由来。但是我最想了解的,确实还是隐含在这些熙来攘往的人群之中的某些规则,这些决定了刻下生活的面貌和质素。旅行固然是发现,然而无疑也是一种比较。

晚上去还车,白天那位中年男子不在了,是一个冷声冷面的女人。清迈固然可爱,但是它没有义务永远向你微笑。我当然只能接受不太融洽的退车经历,并且深深地为我们这行人能够在这个城市有一段摩托之旅充满感激。

世界著名的旅人托尼·惠勒曾经说过,穿越亚洲才称得上是真正的旅行。当他和莫琳·惠勒上世纪 70 年代游历过东南亚之后,在他的记忆中,这段游历让他感到的是"生命中这样的经验能有几次?所过的每一天都会在我眼前闪亮,那些日子是如此的生动"。那可是穷游的日子,是老挝的机场里工作人员要把水牛赶出机场,是东南亚不断有军事冲突、旅行者相当不安全的年代。

相比之下,我在清迈的数日,平淡无奇,但并不妨碍每一天都闪亮和生动。以一个亚洲人的眼光看来,毕竟有相当大的不同。对我来说,这感觉既是前一天的摩托之旅,也是这一天的书店之旅。

每到一个地方,最想了解的是书店。并没有存心要从书店去了解一个城市，仅仅是个人积习而已。昨天没有下乡的 Johnathan 兄访书一天，据说收获颇丰。于是今天的“丛林飞跃”我告假，专门去书店看看。

出酒店左转，一条街一直走到底，便是护城河，沿河往北，便是东门塔佩门，不过一刻钟脚程。酒店旁边这条街也比较有意思，白天只有一些服饰和卖纪念品的店开门，而晚上这些店面隐退，出现的是按摩、酒吧。就像两条截然不同的街道。

那天上午发现两三家古玩店有意思。第一家像中国古玩店，店主却是一个电影“大腕”那样的鬼佬。第二家主要卖银饰，很有品位的耳环，还有一些“爱巴玩意”，店主是个沉静的青年人，温和地坚持着价格底线。第三家还是个鬼佬，但物品档次很高，有一尊木雕佛像极为高古，高不盈尺，是在一块木头上自然的造型，我怀疑是早先的佛像，经过日晒雨淋冲刷成了这样模糊的样子。面目已经漫漶，却被庸手粗刻了眼睛嘴巴，最为可惜。

按 Johnathan 兄所说，书店区在塔佩门附近。走完 Loi Kroh Road 这条街，意外地看到一个鬼佬捏了一本书从户外旅游商店旁边走出，于是过去看看。想不到是一家二手书店，大概五十平方米，书架林立，标明了文学、畅销、政治、科技和两性，没有诗歌。一个黑黑的女孩子看店。书非常多，而且不少是“认识”的，奈保尔的小说，保罗·索鲁的游记，大部分经典的文学作品基本上都有。意外地发现我喜爱的以色列小说《蓝山》也在其中。

细细地看了一圈，买了海明威《流动的宴飨》（企鹅1974年的版本），乔伊斯《都柏林人》（注释本）。所以就有点疑惑，是不是书店区就在这里？黑黑的女孩指点说，还要往前。

于是在 Tha Pae Road 附近看到了三家：第一家 Gecko Books 依旧以畅销为主，但一本合适的也无。时有鬼佬进来找书，这大概也是清迈的英文书店如此多、品类如此丰富的原因吧。第二家 Backstreet Books 非常大，有两层，底楼足足有 100 平方米，也因此我怀疑 LP 是不是介绍错了，它说该店位于布局不太整齐的商店内。新书尤其丰富，二手书更有一整柜的传记和诗歌，我蹲了半天，买了以下几种书：

诗人 Peter Davison 的回忆录 *Half Remembered*（1991），提到了多位美国诗人。戴维森 2004 年已经故去。奈保尔的文集 *The Overcrowded Barracoon*（1984），似乎从未见过中译本；记者 Fergal Keane 的 *Letter to Daniel*（1996）；波兰诗人赫伯特的诗集 *The Collected Poems*：1956—1998，这是比较令人惊喜的一本书。

于是挟了一包书去古城，穿过塔佩门，又看了一阵城墙。书上说，清迈的意思是"被城墙环绕的新城"，塔佩门正对的 Tha Pae Road 一直延伸到城东的 Mae Ping River。Tha Pae 的意思是"筏运码头"。走到了几条之前没到过的街道，不想又发现几家书店。书店能说明什么问题呢？我想多少是能说明一点问题的。

诚如托尼·惠勒所言，清迈已经变为旅游胜地，甚至可以看出，在今天，越来越多的外国游客已经加入进来，改变了这里的生活。但每时每刻的，又会让你感到本地人根深蒂固的生命力。那位银饰店的老板是这样的，书店的主人同样如此。就以书为例，清迈书店之多，书的种类之多，足以说明它内在流通、开放又淡定的态度。它不是我们中国人所熟知的大理丽江那样的旅游模式，也不是中国人的阅读模式。现在，生于忧患的中国人已经习惯于大谈纸质书消亡、把书店里的书视为古董了。

当我坐在古城一条小巷子里，点了 Chang 牌啤酒和米饭，翻阅刚刚到手的赫伯特的作品，深感一种幸运。啤酒很冻，米饭好吃极了，还有未翻译为中文的诗。而这一切是在这里获得的。

下午，我把前日走过的寺庙又拜访了一遍，出来时，夜市街的档口正在忙活，我站在一边看了许久。这不过是一种司空见惯的旅游活动罢了，但是我看到的是个人的日常生活，个人的自在，笼罩在天长地久的时光之中。让那些自以为在世界中心的人看到一种平静而自足的生活，是清迈予我最难忘记的印象。

再次走过矮矮的、缺口一样的塔佩门。并不一定是要高大威严的建筑带给我们震撼与回忆。也并不因为它是著名的塔佩门，被游人所赞美。是那些和塔佩门一样，似乎并不起眼的地方和场景、看似普通的人与事，碰撞了游人。谨以 LP 上的一段作结，因为没有比这段更优美、更深沉、更能代表一个游客的心思了：

所有的道路最终都会通到老城区的城墙下，在一些地方，这些城墙保存得不错，甚至还进行了重建，但在其他一些地方，城墙历经沧桑、破旧不堪，像一只正在晒太阳的蜥蜴。护城河边的单行道会让你体会到城市的能量，路上挤满了冒着青烟的超速车辆。

2013.5.13

锡耶纳日与夜

“当出了名的托斯堪尼的春天到来时，精力和兴致也随之恢复，同时，大批外地游客也纷至沓来。他们中有路经此地前往罗马的香客、朝圣者，也有急于兜售或争购的商人，流浪者，为大批人群和鼓胀的钱包吸引的小偷等等。”

抵达佛罗伦萨火车站是凉爽的上午 10 点。同行四人往城市的中心景点圣母百花大教堂走，被裹挟进越来越庞大的人潮时，我想到了美国史家坚尼·布鲁克尔在《文艺复兴时期的佛罗伦萨》里对这座城市旅游业的描写。

自那时起，佛罗伦萨的旅游旺季便属于复活节和仲夏,而我们抵达的这个 9 月初,按布鲁克尔的说法,正值佛罗伦萨人陆续从乡间别墅消夏回来。周围的游客中有多少是本地人,我不敢确定,但在百花大教堂的门口,在洗礼堂的铜门前面,身边都传来了祖国同胞的声音。

所以,只要是旅行,不管是哪里的景点,人山人海在所难免。这时唯一值得考虑的是旅行者自己拿主意:跟别人玩还是自己玩?

勉为其难地把乌菲齐博物馆三层楼扫了一圈之后(在这所收藏了众多文艺复兴名家作品的地方,值得待上三天以上,细细欣赏,但在这里待三个小时让我“消化不良”),我们决定抓紧时间,去往另一个城市、以中世纪建筑闻名的古城:锡耶纳。其实,锡耶纳是原定计划中可逛可不逛的地方,但在下午四五点,在被眼前人潮弄得忍不住想要逃离时,我们决定将晚饭安排在锡耶纳,吃完再坐城际巴士回到下榻的小城蒙特普尔恰诺。

从佛罗伦萨坐火车到锡耶纳,人均 8 欧元,一个半小时车程。出站后,按指示牌,不断换乘自动扶梯上升,出

台伯河的树荫(水彩)

来后发现已经抵达这个城市的半山腰。

夜色四围，路灯昏暗，还没吃晚饭，问题先来了：回去的城际巴士在哪里？吃完饭还有城际巴士吗？在公交车站问了一个中国留学生，对方语焉不详。等她匆匆跳上巴士消失后，同行四人陷入了租车还是过夜的争论。此刻思乡之情陡然加重，我们随即毅然放弃了对意大利美食的寻觅，转而投入路边一家居酒屋的怀抱。

令人惊喜，居酒屋老板、年轻的陈小姐是温州人。她详细解释了此时回蒙特普尔恰诺的不现实之处，还热心介绍了本地酒店的情况。四人各叫一碗拉面后，敲定了今天这趟随性之旅的又一个决定：在锡耶纳住一晚。这使拉面兼有了乡愁与美食的双重意味。

吃完拉面后，我们沿着 Via dei Montanini 街进入古城，去找那家酒店。承蒙陈小姐好意，电话预订了 LP 推荐的一家经济型旅店 Le Tre Donzelle。

认识一座城市，可能是通过建筑、风土，也可能通过人情、美食，大概很少有人是通过摸黑认识的吧？但是谁

佛罗伦萨街头小贩(水彩)

又说不可以呢？那几天，对意大利的建筑、街道大约都已审美疲劳，对夜色下的城市反而充满好奇。尤其是，夜色下不再是人潮汹涌的样子，漫步其间，让人欣喜。看着街两边橱窗的陈列，定下各自的心水，想着明天再来看，更令人期待。其间有三家貌似古董店的很有格调，我们一致认为值得再看。闲逛一通，很快迷路，在一位遛狗的绅士帮助下才确定了旅店的大概位置，但最后还是在一位热心女士的带领下才找到那家旅店。这座中世纪古城宛如迷宫。

在欧洲，类似的古城都有一个中心地带，一般是市政广场；还有一个最大的教堂，一般都叫大教堂。

锡耶纳的市政广场就在我们准备入住的旅店旁边，穿过小巷子进入广场时，小伙伴们顿时惊呆了，一起“哇”了起来。这是一个巨大的开阔空间，周围的房子绕着它修建；更为奇特的是，这个广场是逐渐倾斜的，像打开的贝壳，也有人说像巨大的中世纪浴室的水槽。我们站在广场的边缘也是广场的最高处，周边有三四家餐厅，明晃晃的，高朋满座，晚上 9 点，意大利人的晚餐刚刚开始。

整片“贝壳”的最低处是市政大厅，而市政大厅旁边的塔楼是著名的曼加塔，建成于13世纪，夜幕之下，庄重辉煌。在意大利往往是这样：置身于古老的历史遗迹中，同时又身处最现实之中。锡耶纳的市政广场同样如此。广场九等分，是为了纪念锡耶纳历史上执政的“九人委员会”。虽是夜晚，但广场上坐满了人，而且大部分是年轻人——锡耶纳有好几所大学。这个市政广场确实容易让人想起大学校园的广场，那些青春期的穷聊与瞎话。

我们坐下，躺下，听周围的低声聊天，沉浸在锡耶纳的神奇之中。又循着曼加塔，在昏黄的灯光下漫步，看墙上那些铁环，有一家门把手竟然是木头雕刻的骨头形状！简直有一种家里的艺术品放在了门外的感觉。广场上的年轻人开始散场，三三两两陆续迎面而来。有两个小伙子飞快走过，突然说：“你好！”而我们竟然下意识地脱口而出：“ciao！”（意大利语“你好”之意）

当晚在Le Tre Donzelle旅店住下，一宿无话。次晨被雨声吵醒，听了半晌，发现原来是垃圾车，清理声音特别大。走在上午8点钟的锡耶纳街道上，清清爽爽，一改昨晚略脏的印象。

在旅馆结账时，我忍不住问店主，门口挂着的铜牌是什么意思？那上面写着“Zbigniew Herbert 1924—1998”，我确定那是波兰大诗人赫伯特的名字，但其余文字都是意大利文。店主操意大利语飞快解释了一通，我仍旧一头雾水，只好拍了照片了事。回国后查资料方知，1975年至1981年，赫伯特曾多次到过锡耶纳，就住Le Tre Donzelle。而铭牌上写的，承蒙乔纳森兄告知，便是赫伯特所作有关Le Tre Donzelle的诗句：

> 我会回来的，三姝（酒店）……如果不是害怕这个词，我会说我是幸福的。

铭牌系锡耶纳市政厅2008年6月所立，我回来后在厚厚的英文版赫伯特诗集里却没有找到这句诗。据LP上说，Le Tre Donzelle的前身是13世纪的一家小客栈，想不到还有这样一则文学掌故。

锡耶纳早上的水果摊贩(水彩)

清晨再次来到市政广场时,发现的是另外一番景象:巨大的倾斜的广场上除了我们四个人,只有旁边路上一辆卸货小车,还有一辆更小的清理垃圾的车。偶有急匆匆的市民走过市政大厅门前,阳光从曼加塔处射来,把九等分的广场切成了明与暗两部分。震撼依然。

在广场中央,是建于 15 世纪的欢乐喷泉。在锡耶纳,很容易见到狼与孩子的标志,传说锡耶纳由瑞摩斯之子建立，而双胞胎罗穆卢斯和瑞摩斯正是由狼喂养长大。在中世纪，锡耶纳和佛罗伦萨堪称宿敌，佛罗伦萨属于教皇党，锡耶纳属于皇帝党，双方曾多次发生战争。佛罗伦萨的实力和名声众所周知，而千百年来锡耶纳一直处于可与之竞争的地位，已足以说明自己的实力。我们误打误撞在锡耶纳一晚所见到的，要比在佛罗伦萨一天见到的还要深刻。

锡耶纳最出名的城市活动，也跟这广场有关。每年夏天举办的赛马会是当地盛事，亦起源于中世纪。当市政广场作为比赛场所时，外围便是跑道。9 月初的早晨，当我抚摸市政广场外围墙上的一排系马铁环时，无法不感慨：何其古老，又何其现代！墙壁里深陷的铁环击痕，证明了时间，也证明了某些不变的东西。它们并没有被视为废铜烂铁清理到历史的垃圾堆里去。可惜我们来得不是时候，无缘见识赛马盛事，也无法想象到时这个巨大的广场会是一番什么景象。很巧的是，后来在 Via dei Montanini 街溜达时，在一家书店看到一位本地画家的画册，赛马竟然从书页里奔跑出来，也算开了眼界。

依然沿着市政广场闲逛，找到该城另一处胜景——大教堂，意大利最大的哥特式教堂之一，12 世纪动工，13 世纪完工。构成教堂外观的大理石墙面是乔凡尼皮萨诺设计的，锡耶纳有心要把它建造成全意大利最大的教堂，后受阻于 1348 年的瘟疫。这里还有教皇庇护二世的藏书楼和教堂附属美术馆，但和曼加塔、市政大厅的市立博物馆等景点一样，因为来得太早而无法瞻仰（一般是上午 10 点半开门），只在大教堂的门口远远看了看内部最具有特色的大理石地面，上面绘的是圣经故事。

教堂另一边的广场上，迎着晨光开来了一辆小车，一对夫妇下车，摆上自己的水果摊。我们在墙下的石凳上坐下，休息。时间尚早，但我们准备离开锡耶纳了。

在昨晚留下记忆的古董店里，我买了一个小木盒子，准备用来装印章。同行 G 则买了一个竹编小凳子，这件东西其后在等车时派上了大用场——我们都是坐在地上。其实我们都想再买，G 看中拜匣，我则对一个 60 厘米高的小柜子恋恋不舍，只要 200 欧元，可惜人在旅途，大件东西无法措手，只好忍痛出门。这家店虽然有不少中国家具，但主营应该是挂在墙上的地毯等刺绣产品。店主是一个六十岁左右的绅士。

拿着“海外回流”，走进通往火车站的 Via dei Montanini 街，迎面走来了导游高举着小旗带领的队伍，一拨拨游客开始入城了。我们满意地退出了锡耶纳，那感觉，似乎此地的宝藏已经被我们抢光了一样。

2013.10.18

面朝大海的陶尔米纳

沿着仙人掌篱笆中的一条弯曲道路，人们登上了面朝大海的陶尔米纳。在尘埃的笼罩中，那些裸露的岩石，非洲植物，低矮的墙壁，斜坡的颜色几乎难以辨认，只有一些阴影处是蓝色。渐渐地出现了一些灌溉花园，一些涂过漆料的房屋，这些屋子装有自动升降的百叶窗，虽然没有遮窗格栅那般神秘，但也非常的东方化了……

法国作家保罗·莫朗是这样进入陶尔米纳(Taormina)的。如今，我每次回想起陶尔米纳，首先联想到的也是那些百叶窗，还有外面阳台铁栏杆上挂的累累的盆栽，几坨红色叠加在一起，拽着栏杆往下坠，看得人心头一紧。八十多年过去了。走到下午，我们在圣朱塞佩教堂对面的四月九日广场上喝点东西，目光从深蓝的爱奥尼亚海收回来，落在这个建在山上的城市，仙人掌沿峭壁倔强地生长。八十多年过去了，这景色像没有改变一样。周围可能也有像保罗·莫朗那样将会把陶尔米纳形诸文字的观察者，但更多的是像他游记里写的无名游客。我们正震惊于这座古老山城所展示的亘古不变之中。广场斜对面有间屋子，正在展出陶尔米纳电影节的图片，一张电影海报上，大笑的罗伯托·贝尼尼和一脸严肃的沃尔特·马修拥抱着。

如果保罗·莫朗也在座，他大概会感慨什么都没有变。但这种感慨还是由中国人抒发会更为强烈。

我们午餐的地方，是一家小餐馆。毕竟是依山而建的城市，餐馆便在门口的坡路上摆开了餐桌。凭栏望去，隔壁是一处废弃的古迹，那残存的半圆形观众席的台阶正好在视线正前方。吃饭之前，先到达陶尔米纳的我已经去看了一圈。也不需门票，有门，两个美国老太太在门

从陶尔米纳浴场走上来(水彩)

口拍照，似乎拿不定主意该不该推门而进。我刚刚在水龙头上灌了一壶水，痛快地喝了半壶，就像喝了酒一般推门下去了。里面空无一人，空无一物。在西西里正午的阳光下，只有少数的台阶而已。现在映入我们视线的，是一对情侣坐在台阶上，不知道在说什么，也有可能什么都没有说。

陶尔米纳的主街翁贝托一世大街可以迅速走完，何况又是第二次到。那么，就不妨再走一次。街边小店挂出的电影海报，正大仙容的奥黛丽·赫本，一脸傲然的费里尼和妻子米拉。应该是陶尔米纳电影节留下的照片。不过，我更记得的是上世纪60年代阿赫玛托娃获得过的陶尔米纳文学奖，这是我第一次记住这个地中海小城的名字。但它似乎没有生产出文学家和诗人，著名的意大利诗人夸西莫多（1901—1968）是西西里人，家却在另一个历史名城锡拉库扎。

偶然一抬头，看到了二楼一家书店。说什么也要上去看看了。很顺利地找到了近年出版的夸西莫多诗全集，精装本。但是我非常关注的意大利作家和诗人帕韦泽(1908—1950)的诗集却遍寻不获。只好写下 Pavese 这名字给女店主,她瘦削的脸像陶尔米纳的山崖,无甚表情,但迅速读出这个名字,转身从书架上抓下几本书(山崖边开出了绿色植物)。凭着我对帕韦泽作品的粗略了解,我猜全是小说。诗集?没有。也是,帕韦泽毕竟只有一本诗集。来意大利之前,刚刚读了他的长篇小说《月亮与篝火》中译本,于是就选了这本。虽然不谙意大利文,但对于一位心仪的作家,有必要珍藏一部他的母语版作品。帕韦泽去世时五十岁不到,如今六十多年已经过去。除了这位女店主,我还问过一位西西里的女大学生,他们对帕韦泽的熟悉程度,让人相信他已经是一位深入人心的经典作家了。

保罗·莫朗似乎是从陶尔米纳的海边上到半山腰的城市的,午饭后我们则反其道而行之,坐 3 欧的缆车下到临海区,走到浴场。

对这座山城,大概保罗·莫朗的足迹已经走遍了,而我们仅仅走过一条主街已觉得丰富。就在主街大门不远处的第一座大教堂,当我们折回到这里休息时,教堂门口挤满了人，不断传出小提琴的声音，同伴都挤进去了，我就坐在门口的台阶上听。意大利的教堂大门两边，各有一排可以充当凳子的石椅，既庄重又贴心。后来在托斯卡纳地区见到一些政府部门的门口也是这样。那天听说来的正是佛罗伦萨的两位乐手，演奏棒极了。一门之隔，我倒不觉得遗憾，坐在石椅上不仅能听，还能感受，更好。

重复经过的景点，必然要说到著名的古希腊剧场。公元前3世纪希腊人建造，罗马帝国占领西西里之后，又加以修复和经营。这应该是陶尔米纳最负盛名的古迹了，在街边小店往往会见到这个剧场的照片、明信片，一家古董店还有对开本那么大的古剧场铜版画。有一张照片我特别喜欢，是一场演出，就在古剧场里，残存的古墙，亘古不变的大海和埃特纳火山作为背景，演出舞台又那么现代。据说这里是陶尔米纳艺术节的场地之一。我们去时，舞台还在，座椅还在。一群讲英语的游客，规规矩矩地坐在一起，听导游讲解。想到第一次来时，一进门，团友们便如鱼得水般四散。我爬到最上一层，慢慢看剧

摄影师跃过城门的一瞬。作者摄

场外面的大海,看远处山上的房子,再看脚下的剧场。当走到一处残存的门廊前时,透过门廊,不仅可以看到剧场的舞台,还可以看到远远的大海。于是掏出手机,正在聚焦时,一个身影一跃而过,我下意识地点击屏幕,于是拍下了同行摄影师的身姿。等到我们回国后再见,他递给我一张名片,印的正是我抓拍的图片。

在剧场最高一层，大海、火山遥遥可见，这可是保罗·莫朗早已见过的——

> 如果说陶尔米纳有春天的话，那么就很难说一天之中什么时辰最美。那是在似火的朝阳为冒烟的埃特纳火山的雪景镀上玫瑰色的早晨？还是在海峡另一边的卡拉布里亚山如同着了火般，被嘲弄的海水浇灭的傍晚？希腊罗马剧院的屋顶是西西里最美的顶峰之一，人们坐在屋顶上，凝视着这两处景色……

我们去的那几天，正好火山活动，然而不用四处眺望，就是走在残垣断壁、树林里，也觉得惬意。有个戴着尖尖帽子的女孩子走过来，站在半人高的石墙上眺望大海，背影真是美极了。画家顾兄就在一棵偃蹇的树边画速写，“抚孤松而盘桓”。我负责为他拍照，效果却平平，远不如前两张那么意外地精彩。到此一游的波兰诗人扎加耶夫斯基留下了诗句——

望向陶尔米纳的大海(水彩)

从陶尔米纳戏院你发现
埃特纳顶峰上的雪
与闪着微光的大海
哪一个是更好的演员？

（李以亮　译）

主题诗作，似乎效果也是平平，不过从王尔德、劳伦斯、纪德、卡波特到扎加耶夫斯基，倒是可以看出陶尔米纳接纳过多少成名的或尚未成名的作家、诗人。

我在地上发现了一块石头，竟然和西西里岛的形状像极了。走到门口时，竟然又发现一丛竹子，是刚竹，于是在这丛碧绿下站了一会儿，想知道它们是怎么来的。在一个动辄是公元前时代的古物的地方，这些不一样的事物会自动跳出来，抓取你的注意力。前几天在西西里东面的锡拉库扎剧场里，我便发现了冬寒菜，比拳头还小，像刚刚长起来，但可以确信是冬寒菜，我们四川乡下很多。冬寒菜，也就是《诗经》里面的葵。

1786年，歌德是这样描述他在罗马的感受：“无论我走到哪里，我都在一个陌生的世界里看到熟悉的东西；一切都和我想象的一个样，一切又都是如此新奇。”

我们是深夜驾车回扎费拉纳埃特内亚小镇的寓所的（正是在埃特纳火山脚下）。路过陶尔米纳一处类似广场的地方，一个女声正在唱歌剧，意大利人的晚餐才刚刚开始，我们现在回去，也不算太迟。只是我们来自广场舞国度的四个人，在黑暗中似乎有点相同的感触。

2015年11月14日于大连。时巴黎遭恐怖袭击，造成至少132人死亡，这篇文章便是在酒店电视的滚动播出中写成。

西西里的中国人

旅游大巴开到半山，再坐缆车十分钟，再改坐一辆加重型巴士，真正地开向埃特纳火山了。

从旅馆出发，就换乘这两次，每次换乘，都冷一点，荒凉一点。在缆车前后的路程，飞驰而过的景色，除了黑色的火山灰烬，不时还有脆黄色的松树，灌木丛那样生机勃勃，看起来像水彩画。但坐上笨重的巴士之后，就只看到灰黑色的泥土了，没有一丁点植物的颜色。而且，感觉车是在倾斜的山坡上滑向顶峰，想想就脚下生凉。开车的小伙子似乎漫不经心，这时候只有盯脚尖看了。到了一处稍平坦、有几处木头房子的地方停下来，我最后下车，司机在门外微笑着等，说："小心头顶。"我心想你车开成这样，还小心个啥……且慢，你会说中文?!

小伙子很老练回答道："是的。"

"哪里学的?"

"我在义乌小商品市场待过五年……"

我登时乐了，比看到冒着白烟的火山口还高兴。前两天，有的团友大发思乡病，沿着巴掌大的扎费拉纳埃特内亚小镇寻找，还真给他找到一家温州人开的商店，想借人家的电饭锅，但这两口子也没用这种锅。再说，到哪里去买米呢?

风大得可以把人吹到火山口里去。我和顾兄，穿着花了1欧元租来的羽绒服，顶着风下到另一个山口看火山。那是个大大的火山坑，有几缕白烟。然后又顶着风爬上来，在小木屋背风处歇着。小木屋里不少登山的外国人在休息，不，如今我们才是外国人。下山时我坐的这边不再是悬崖，于是便看到好几队登山的人正在一步步走上去。他们和我们，很好地解释了旅行和旅游的不同。我这才想起来，不知道山下的温州人来过火山没有，是否认识这样一个会说中文的意大利司机。也不知道那司机需不需要“练习口语”?

走出缆车车站,雾气消失了,阳光很好。往停车场去的路上有两三棵高大的松树,树下一大圈厚厚的松针,有几个松子干干净净地躺在那里。同坐这一缆车的四五位要去旁边的咖啡馆喝咖啡。我说,给我订一杯 special!然后跑去捡那几个松子。

从埃特纳火山回来,经过那些荒凉的水彩画地界,进入小镇的森林,中间有一座酒庄。一个下大雨的中午,我们来这里用餐,参观了酒庄密林里一所微型的西西里公园。将岛上的各处名胜,具体而微地修建其中。对外国人而言,一个大概的西西里就在这片树林中了:他们的人物,他们的建筑,他们的历史。这与中国人前些年修建世界乐园的行为不一样。那天雨下得不小,院子里一大丛白茉莉开得正盛,被风吹落了大半。挂在枝头的黑色果实,不就是中国人所说的地雷花吗?中国人,不免想到火山上的司机,想到陶尔米纳海滨浴场过道上的中文脏话涂鸦,想到翁贝托一世大街上的流动小贩,干瘦落寞,躲

从拉古萨往大教堂去的路上,散步的夫妇(水彩)

避人一样站在街边卖东西。中国人!

住在扎费拉纳埃特内亚镇上那几天,发生的一件大事是谢默斯·希尼(Seamus Heaney)去世了。在半山酒店 AIR ONE 清冽的空气中,我翻看卡塔尼亚报纸上的报道,辨认藏在不认识的意大利文中间的爱尔兰、诺贝尔这些关键字眼。

过了两天,市政厅开了一个展览,在大门内大约十米纵深的过道两边,挂满了中国画:梅兰竹菊,仿石涛的山水……等到剪彩,咦?是个大胡子鬼佬!怎么搞的,他画的?!我已经顾不上为市政厅可以举办平民画展而吃惊了。

这个“中国画”家,是扎费拉纳埃特内亚镇上的艺术家,画上的署款“圣来”,本名叫 Santo Previtera,穿着对襟的衣服,七分像唐装,他在洛杉矶学了十年中国画,老师是一位来自南京的萧姓画师。从当晚拥挤的人群来看(似乎小镇上沾亲带故的七大姑八大姨都来了),如果不是当地市民进官府太自由,就是因为“圣来”是一位极受关注的艺术家。也许两者都有，并且从大家围观的程度看，我真觉得是“圣来”这位不会说中文的画家在传播中国文化，而不是我们。

把“圣来”称为“汕头”，始于次日我们应邀去他家做客，做中国菜，煮潮汕粥，他这个译名才真是完美到家了。汕头家在小镇的北边，距离繁华市区一箭之遥，一幢三层小楼，院子里有一棵意大利松树。进到院子，感觉天色更暗了。汕头和妻女起居在三楼，他的妻子是一位弗拉明戈舞者，女儿才 15 岁，立志要去伦敦念书。汕头的岳母和两位亲戚都来了，大概是要围观中国人做菜的意思，别忘了这是在意大利。晚上九点钟，汕头妻子拎了两大袋食物回家，我想她可能把小镇上那家超市买空了三分之二。中国菜食材都在这里，中国人开始忙活，分派各自的拿手菜，来自汕头的胡兄当仁不让要煮粥了。亲戚们则坐在餐桌前笑眯眯地看着中国人忙活，她们轻松地做好了沙拉。阳台上有一大盆半人高的罗勒，汕头人民的九层塔、金不换。那晚吃起来，大概中国菜占了上风，中国胃太受用，完全没有体味到这两者之间的区别。直到回到广州,偶然从香港一本杂志上才读到意大利罗勒与泰国罗勒的不同。中国人吃的,一般是泰国罗勒。

汕头带我看他的工作间,就在房间的另一边,一张大台面上摆满了大量的文房四宝,一得阁的墨水,留着宿墨的砚台,各式印章,还有老牙章,标准的中国书画家的行头。他从桌子下面拿出大摞大摞的作品。他指给我看通向阳台的玻璃门,他就在这门上裱自己的作品。他不会说中文,书架上倒是有好多中国诗歌的英译本。我就是在其中一册选本里找到了"云无心以出岫,鸟倦飞而知还"给他看,饭后就在他的书桌上写了这个对联送给他。

从工作间挂的照片才知道,汕头年轻时是波希米亚式的打扮,也许生活也是如此。他是瑞士人。我深深地被他的木雕作品所吸引。特别是展览上一尊他雕刻的老子像,我看了两天,那晚跟他说,有点像他。汕头言语不多,一点也不像其他意大利人那么热烈、那么多话,交往起来,倒真像是中国的文人画家。天知道他是怎么在意大利这个小镇上经营出一个中国情怀的阁楼的。饭后大家站在阳台上聊天,发现这幢楼的背后正好是一条弯曲的公路，昏黄的路灯下一辆车也无，旁边呢？数不尽的山影树影，再往远处看，便是爱奥尼亚海。天知道他是怎么找到这样一个地方的。会不会说中文有什么关系。

2013.11.10

我们从哪里来？到哪里去？

——中元节的回忆

七月半是令人难忘的。

在我的家乡，成都平原腹地一个巴掌大的地方，中元节是被叫作七月半的，并且除此之外无其他叫法。相对于我熟悉的那一套仪式，中元节这个词像是很远地方的事情，或者是举行那套仪式的人们决不会接触到的定义、名词，以及那些书本上的玩意儿。

中元只出现在袱纸上。我还记得袱纸的书写格式：

故……老大孺人收用（中间竖写）

今当中元化帛之期……（右边竖写）

天运某某年月日火化（左边竖写）

以上是正面，反面只写“封号”两个字。

这一个袱纸被称为“头纸”，每个头纸之下有几个袱纸，八个、十个、十二个不等，书写就简单一些。对举行七月半的家庭而言，每个去世的亲属，视其亲疏关系、重要程度来进行分配，比如我父亲，他的父亲（死于1960年）、祖父辈（其祖母死于1960年）、岳父辈（岳父母死于1963年）就是最重要的，每个人的头纸下就会跟十二个左右的袱纸。

我家的这份清单，由我父亲抄录在上世纪70年代出版的一部袖珍匣装毛选里，有十几个名字。他从部队退伍，带回不少《国家与革命》这样的书。

除了献给自家祖先，例牌还要写几个献给土地。是这样写的：

地盘业主　古老先贤收用（正中竖写，其他格式照旧）

献给无缘无故无名无姓的土地，我后来想起来常常觉得感动，不只是因为这饱含感恩，还因为中国人安土重迁，这是从土地的一方去理解从祖先开始被允许的繁衍，繁衍得越盛，这种感情就越为庄重。

2012 年，一条新修的高速公路正好穿过了我们村子。散在两边的人家，我想他们是被“地盘业主古老先贤”所庇护的。

袱纸是整个中元节仪式上最重要的一个项目，从做到写。它是活着的人向死去的祖先敬献的钱币，表达的是一种物质的尊敬。它的工序大致如下：

先将一刀淡黄色的楮纸（草纸）不断对折切割，最后切成一堆如小 32 开本大小，然后将其一头固定在一个木凳子上，在其正面敲下四排月牙一样的印记，两排对称。这就是俗话说的纸钱了，老家叫钱纸，而书面语称为冥币。这样一刀纸，平时祭奠祖先就直接用（烧），而七月半则必须再包上白纸，称为袱纸。走完了书写程序，才能作为这一天献给祖先的礼物。大概这些工序里也存有一份敬畏吧。

从我记事开始，制造纸钱的人就是我的堂祖父怀清公。他老人家有一整套工具，手脚麻利，出品一流，基本上包揽了全村的业务。从来没见他收过钱，全是义务性质。他大概很擅长这一种制作，还有人请他造过“房子”，两层楼房，应有尽有，“建筑方案”很合理，“房子”里小物件一应俱全。

我那时候特别喜欢看他糊那些小凳子小桌子，还有“标配”的六畜，以猪和牛最多。做一次工程浩大，大概是有工本费用的。这是比较讲究的。我们家例外的，只有我奶奶会买几种有色的纸，大概每次都选青色灰色两三刀，由我写上她父母的名字，作为衣料绸缎烧给他们。

怀清公上世纪 90 年代中期跟他的小儿子即我的堂叔去县城居住，就此告别了纸钱制造业。但是他那些年割纸时习惯把纸往额头上一顶、打纸时木头锤子举过头的干劲，闪亮锋利的割纸刀（一尺长，状如镰刀），我到现在都记得。他精神极好，声如洪钟，每次回村都像这二十年没离开一样，九十多岁的人了，我祈祷他老人家长命百岁。

袱纸给了我最初的书写机会。我的书法课程就是这样开始的。抄袱纸、写春联、写喜事的礼单，后来才开始临帖。写字是我的兴趣，而抄袱纸给了我莫大的锻炼耐性的机会。当我的同龄人在农村的广阔天地大有作为时，我在每年最热的几天里埋头工作，抄完自己家，再帮忙抄邻居家，一家家抄下去。

那些年抄写袱纸时，正是八月底，正是开学前，正是秋收前，是忙乱前的平静。蛙鸣如鼓，听得厌烦。有时候暴雨不歇，耽误了水稻扬花，耽误了晒田，小孩子便扯了稻草去拴灶门口的炊壶嘴，有的则是在点豆花时教小孩子磕头，有点玩笑的成分。该拿出去年的老胡豆划开，该准备做豆瓣了。一身粉白的大冬瓜该摘回来放墙角一溜，预备着煮鸭子。最热闹的还是推豆花，剥新摘回来的青豆，点青豆花，清香深远。豆花也是一年中最嫩的。

豆花、冬瓜、鸡鸭鱼肉，因地制宜，凡能拿出手的，都为七月半的酒席做准备。从七月初十到十五，这六天里都可以办七月半，就像过年前团年一样，我想这种机动性大大地融合了当地的宗亲关系，可以让他们充分调整自己的时间,融入别人的祭祀活动里。吃饭这件事情对乡村的家庭关系同样重要。

一般来说,这餐饭的摆法是:在堂屋摆一桌(八仙桌),在门口的走廊上摆一桌(小矮桌,两个小板凳)。上菜之后,家里人都聚集在厨房或者其他地方,直到十几分钟后才撤掉小桌子,调整菜品,才进入真实生活的吃吃喝喝。

在乡下的各种原料中,只有丝瓜不能做菜上桌。我的堂祖母曾对我说,丝瓜是蛇变的,如果祖先们吃了这道菜,就会被缠住。丝瓜就这样被封杀了。

那堆写好的袱纸在傍晚时烧化。

这样的程式,我经历了十六七年。离开那个巴掌大的地方之后,七月半依旧是一项重要的活动,即使我没有参加。

而我也逐渐知道了这项亲身经历的事,在世界上的位置:它是中元节,是盂兰盆节,是宗教的,也是民间的,而且各地都有不一样的风俗习惯。苏州也叫七月半,除了祭祖,还有农民在十字路口祭奠田神的习俗,称为"祭田头”(清代顾禄《清嘉录》)。这与陈坤《岭南杂事诗钞》里记载的东莞乡间在这天以儿童吹芦管为庆,“谓之吹田了”,比较接近,还记载这天“盂兰盆节各家剪纸为衣,与楮钱当街焚化,谓之烧幽纸”。但我在岭南的近十年里,只感受到乞巧节的气氛,没有看到过中元节的习俗。这或许是城市化的力量。

而在北方,如富察敦崇的《燕京岁时记》和潘荣陛的《帝京岁时纪胜》都记有点灯放灯的习俗。知堂老人著名的《儿童杂事诗》这样写中元:

中元鬼节款精灵,
莲叶莲华幻作灯。
明日虽扔今日点,
满街望去碧澄澄。

不过我更喜欢《丙戌丁亥杂诗三十首》里的那首五古,尤其是结尾:

我本出田间，
颇知人间苦。
语及旧风俗，
情意多能喻。
怀念乡村人，
东望徒延伫。

回想起来，在故乡的夜空，只有偶尔会有孔明灯，那必定是很富贵很讲究的人家放的了。

我记得，有一年在凤凰，这个小城的旅游气氛很浓，晚上就在河边看到无数人在放河灯。我很吃惊，但有点反感。那时候并不是七月半，很显然这是城市人的玩法。

在我的记忆中，关于我经历过的这些祭祀活动，是跟家庭联系在一起的，既有生也有死，尤其涉及很多未知的东西，无解的东西，那毕竟是我童年起就遇到的事物，我不能不充满了敬畏。那时候我完全不知道岭南的七月半是怎样的，北方的又是如何。我甚至不知道成都的中元节是否这样。但不必去作风俗的比较与核实，经历胜过了一切的解释。尤其是那些无解的东西,促使我去了解这个世界。包括在空荡荡的屋子里让我敬畏、又是让我何等恐惧的祖先们,他们是如何来到的,又是如何生活的,如何一直到属于我的这个年代。很显然,如果我继续生活在这个巴掌大的地方,我当然能预想到合乎程序的未来。问题是,那块巴掌大的地方也被拿走了。没有了习惯、风俗、敬畏,也无从问起将来。

这些构成了我最初的文学版图、文学启发和文学训练。

我记得,在我童年时代,每逢这个祖先回来的日子,我总是心里不舒服,总是腿疼。有一种被洞察心思的恐惧,大概要用弗洛伊德的心理学说来解释,但它确实跟了我很多年,直到我十年前在《他们》这篇文章中写出(收在《水红色少年》一书里)。我是以童年的角度来写这次怀念祖先的活动,仿佛是与祖先一次的失败对话。结尾是:

"烧过袱纸之后,奶奶抓了一大把米饭,用水泡在一个大斗碗里。这时她会跟我说:'跟我到院门外撒水饭。撒过水饭,腿就不疼了。'"

一转眼，我奶奶作为需要缅怀的祖先，已经有整整二十年了。我有十多年没有在严格的中元节程序里怀念她，而我事实上远远超过了程序设置的一年一次、一年两次和一年三次。

2013.8.25

花椒粽子

端午到了，去超市买一盒广州酒家的粽子，内有豆沙、莲蓉、香芋、海味四种，去菜市场买一把艾蒿和水菖蒲挂门上，然后看龙舟在这个水道纵横的城市里神出鬼没，有一天邻村的龙舟队正是从我家楼下的河涌锣鼓喧天地划到珠江去的。这是在广州，而节气这个东西，往往会从味觉和记忆里把你横向迁移，迁回你的家乡去几分钟。你不可能再端着雄黄酒绕房子洒一周，家里也不可能准备一把阳伞送给当天回门的女儿女婿，但最不可能的你做到了，就是吃粽子。

在我出生的四川平原腹地那个巴掌大的地方，有两个节气的风俗习惯是错位的。清明祭奠祖先，是安排在除夕的下午到晚上进行(旁系亲属则安排在过年期间),而清明只是有关农事的节点。再有就是粽子,我们的端午有龙舟、有艾蒿水菖蒲、有雄黄酒,但没有粽子。它是在过年期间,作为家里准备的一种年货,连同杀春猪、熏腊肉、灌香肠、蒸各种年糕和馍等等一起出现的。在我离开旧家前的十多年里,粽子的时令、味道都被定格在过年时。它是亲戚间拜年必备的礼物之一,我记得在新年到来前,第一锅煮出来的粽子,裹着粽叶的清香,也记得在年将要过完时,将粽子切片油炸的滋味。几天大鱼大肉的日子快结束了,于是这油炸的粽子特别令人留恋。尤其是炸得半焦,粽子里面的花椒味道会展现得更充足。

是的,是花椒粽子,不是豆沙、莲蓉、香芋、海味,也不是甜粽或是咸粽。我记忆中的粽子,就是糯米、红豆(赤小豆)、绿豆,加上花椒,还有大量的盐,所以这种粽子绝对不会是甜的,虽然咸,但还是不如花椒的麻味那么明显。当看到某某食品"甜咸之争"时,总想在这争论里面多加点什么,不要显得那么单调。豆腐花也有麻辣的,粽子亦然，虽然它所代表的仅仅是一个巴掌大地方的口味和习惯。在包扎方法上，四川和广东一样，在粽叶之外都有一根细绳捆扎，我见过江苏粽子的包法，是用一根专门的针引着粽叶的角穿过粽子，即已包好，不另用线。这是只有糯米的白粽子，和这种包法都是属于另一个巴掌大地方的习俗，留着等熟悉的人来写吧。

在很长一段时间里，我也以为世界上的粽子，都是花椒味道的。直到有一天在成都街头，懵懵懂懂地点了一杯豆浆一个粽子，一口咬下去，发现一大片肉，真是大吃一惊！这是怎么回事？就是在这家以上海人为主的厂区食堂，我的味觉不再被花椒粽子独霸，发现了更多横向的不同。其实，就风俗习惯而言，特别是在饮食上，城市和乡村的区别最大。城市的口味庞杂，应有尽有，反而少了一种独特性。大概正是这个原因，我吃过内容更丰富的广东粽子后，依然对花椒粽子念念不忘。

就像辣椒，外地人并不是都能欣赏和接受。我想，要人接受花椒粽子，大概和当初我吃肉粽是一样的感觉。

饮食是地域文化差异的重要表征。从历史上看，辣椒是舶来品，到明代才传入中国，明末才传到四川（金庸在《天龙八部》里面写到鸠摩智挟持段誉，经过西南诸省才不见辣椒，不确），而花椒在四川是土产，历史悠久。川菜所号称的麻辣特色，吾乡前贤唐振常先生就曾写过文章，指出川味在麻，其次才是辣。对我来说，也许在这个粽子里，也有一番地方的精神在吧。

最近一次吃到花椒粽子，是去年过年前回家，家里人临时包的。不再是只有过年才包粽子，正如这几天过端午，那个巴掌大的地方的人，也可以非常方便地从超市或者淘宝网买到粽子，各种口味的。以前爱读各地的风土记，特别注意每个地方的掌故与沿革，喜欢这种差异性的东西。但这次写这篇短文，我想到的是纵向的线路，想到以往的风土记里，那些让人感慨感叹，甚至动辄起兴亡之感黍离之悲的，无不是自身传统的改变与断裂。正是因为那个巴掌大的地方这十多年里不断被城市化的旋涡吸进去，习见的事情有了种种变化，我才会记得那些琐碎的食物。很显然，对现在能轻易买到其他地方特产的新一代而言,他们的记忆跟我也不会一样了。

2014.6.11

种竹记

吴泰先生，用日本人的叫法，应该叫他画伯，不过朋友们都尊称泰公。前两年他从市中心天河，迁到副中心萝岗，种花种竹，埋头画画，少入城市，享受山林野气。冬天最冷那几天才应酬最多，要接待到萝岗赏梅花的朋友们。

常听人说，广东人不喜欢梅花，但萝岗的梅花从宋代就有了，而且赏梅逐渐成为岭南的一道人文风景。吴泰先生的父亲、画家吴子玉先生就写过一首探梅的词：

冻雨寒风吹碧天，花魂如梦亦如眠。惜花何逊重来早，绿媚遥山映雪仙。　香暗度，白成烟。千枝万萼姣相缠。春花秋月多虚幻，唯爱幽芳独自妍。

正是去年赏梅时，在泰公家里认识了两种竹子，一种叫粉单，一种叫金镶玉。

在我以往的生活经验中，只认识两种竹子，一种慈竹，一种苦竹。慈竹多，苦竹少，都布于屋前屋后。春天长笋，慈竹的笋壳上有黑绒毛的虫子，蜇人。当春气萌动，新叶上经常长满了竹虱子，和房屋紧紧相连的竹林便不那么可爱了。这是记忆中春天生活不愉快的地方。苦竹挺拔，笋壳白色无毛，一个个卷起来便是男孩子的一把枪，竹竿光洁，竹结密实，可做农具。慈竹也可大用，做草房的屋顶，做晒谷场的垫子，做其他各种艰苦的用度。

还有一种更少见的是斑竹，比苦竹更标致秀气，竹结明显，只是太纤细。即使做钓竿，也是竹丛中间长不大的慈竹更好，斑竹反而令人无所适从。有一次在山区一个亲戚家的山坡上，看到满山全种着斑竹，无数光洁的竹子躯体奔赴眼前，我这个长于乡下的人第一次明白这种竹子为何太少见，整个山坡上都写着：无用。

就这样，以这两三种竹子构成的认知随我走进逼仄的城市。我也一度认为，花市上买回来的竹子便是慈竹的具体而微者，甚至觉得种这样一盆竹子，也是我与过去生活的一种联系。后来查书方知，都是小青竹。

种竹，还因为多年对植物的积习，还因为它的好脾气，只要水分充足，它便一直葱茏碧绿，接连生笋。有一盆甚至在竹结上又长出了根来。平居多暇，稍一注目便觉得愉快，一枝一叶，都足以洗涤尘虑。几年前搬家，因为竹子发得太多，遂在移盆时将几竿半枯的成竹连根取出，三五根放在阳台墙边，竹韵依然。

宁可食无肉，不可居无竹。此两种平常事物今天都太难做到了。狭窄的居住空间，植此一竿，当然足以令人快乐，因为竹子的文化远大于竹子的生命。读杜甫的诗，“桤林碍日吟风叶，笼竹和烟滴露梢”（《堂成》），正是他卜居成都西郊、修葺草堂的写照。

借着诗里竹子的形态可以知道，一千多年来川西平原散居的生活形态一直到新农村建设才被打断。前两年，一条高速公路穿过我生活过的小村落之后，我最遗憾的事莫过于没有给这个“林盘”（四川人这样称村落）留下一张照片，作为我生活的纪念，更是作为“笼竹和烟”生活的一个句号。

在四川，有着竹子品类最多的公园，我曾经漫游其间，却熟视无睹它们的同与不同。在意大利西西里岛海滨小城陶尔米纳的古希腊剧场里，我却意外地发现了竹子的身影，它们何以到了火山的脚下，置于几千年的古迹之中？这些，包括十多年来种竹的经验，都没有看到粉单和金镶玉时受到的冲击大。特别是粉单，植于庭院里的粉单，竹身坚实明朗，枝叶不多而叶叶自有形态，美极了。看它，中国画讲的虚实、明暗、欹正、多少，乃至中国人讲的“不可一日无此君”，都瞬间会心。与其说比我见过种过的竹子都要美，不如说它活生生地体现着竹子的美，并且让人去推及其他。一种观察的方式，同时也是一种欣赏的方式。

我想到了多年前在山坡上看斑竹的情形。那也是观察方式的改变，只是那时候我还远远不能欣赏。

粉单是广东龙门县的特产，去苗圃问，都说没有，据说必须去山里挖。从网上图片看，可谓雄强一派。据泰公讲，他那盆粉单是经人培植过，大概这才能将粉单种于盆中既不失其大气又增添了秀气。金镶玉乍一看似乎全是老干，只稀疏有些枝叶，这种半枯的静寂与禅意，既需要时间更需要静气的人欣赏。那天在芳村花鸟市场，竹圃的老板一边翻我们带去的《中国竹谱》，一边点评，同时报出本地名称。他的竹圃里品种并不多，紫竹没有，凤尾也没有。我惊喜地发现有一片竹就是在泰公家里看到过的金镶玉，他却指着另一边淡淡地说，那才是。对照《中国竹谱》，果然，金镶玉的竹结明显，是斑竹那样的竹结。而我看中的"金镶玉"呢？是琴丝竹。

那天不过是与友人路过芳村，一时兴起去看竹。但得到一竿"金镶玉"可谓意外的惊喜，老板听说只是要一盆，表示不必给钱，他送我。选好一竿之后，颇为其近三米的长度发愁。老板却说无妨，提起竹子便往车后备厢一放，再将竹子上半部一敛，它竟驯服般地蜷好了身子，正好放下。老板确实懂竹子。

就这样，我又有了一丛竹子，可以朝夕相对。更重要的是,这是我喜欢的一种竹子,非常具体。因为无法得到粉单,我请泰公在一个日式小册页上画一竿供养,泰公慈悲,不仅为我画了粉单还画了“金镶玉”。这是种竹故事的结尾。

2015.7.27

记栀子花

今夏多雨，足足下一个月。走在广州街头跟逃似的。这是阳历五月，端午龙舟水的先声。街上的杧果只有李子大小，尚未挣脱树叶的阴影。有几次在车站避雨，发现正是狗牙花开得最盛的时候。

将杧果树作为行道树，将狗牙花作为街边绿化灌木，这是花城广州的园林特色。狗牙花只是俗名，开花一小朵一小朵的，像纸扎的，比较单薄。

是的，我不大喜欢这样的花。但十年前初到广州，却把它看作了四川的栀子花，也在树丛边赞叹过几回。

幼年家中的栀子花也是这样一大蓬，只是长在院子边缘的池塘边，枝干甚粗，有些年月了。夏天傍晚，吃过晚饭便去摘，花骨朵刚出，呼之为“鹅颈项”，置于水缸中，等第二天早上稍稍开放，或穿针引线佩于胸前，或吊在蚊帐内。这种花花瓣层层叠叠，清白馥郁，乡人呼之为双栀子，而另一种单瓣的，则叫单栀子。

汪曾祺先生写过栀子花：“栀子花粗粗大大，又香得掸都掸不开，于是为文雅人不取，以为品格不高。”但在乡下人看来，哪里有雅俗之分呢？只是好看而已。那时夏天，早上必有人来“讨”栀子花，傍晚则来“讨”无花果，本地人称摘的动作就叫“讨”这个音，他们一来，并无“讨”字客气的意思，栀子花、无花果都在池塘边，又无围墙篱笆，遂来去自由。

无花果极易生长，很快长到两层楼高，夏夜风大，拦腰吹折，一看，早已虫蛀。乡下对这种小农经济作物向来不上心，遑论施肥施药，只得再削点细枝扦插。栀子花则一仍其旧，大朵清白的花开在深蓝色的枝叶间，向水中伸展。到分家前都是如此。

因为这株老栀子在院子的一边，恰好不是我家这边，于是就有了“没有栀子花”的一段时间，或者说跟那些邻居一样“讨”栀子花的时间。究竟有没有去“讨”过，我忘了。中间过了多久又有了栀子花，也忘了。

新的栀子花也是采用扦插法，插在后门的水田边。本地种植是在初夏时小春（油菜、小麦）收完，田里放水准备插秧的时候。那是百物萌动的时节：蛙鸣、蝉叫，黄鳝、泥鳅出洞，天气凉爽，晚饭后呼朋引伴，腰扎笆笼，手拿竹钳、钓钩、手电筒，捉黄鳝去也。对于栀子花种还是不种，并不上心。

后门栀子就在忽略中长成很大一株，仍旧不高，但占地甚大，一到夏天便满头开花，到初秋还使劲地开，有些牵牛花爬上去，就大家一起开。有一次放假回家，栀子花也就这么开着，从前“讨”花的人不知道去哪里了。

就是在树下想到了汪曾祺先生的话。

还有“闲看中庭栀子花”。唐代人是怎么知道的？

我记得这株栀子的形貌，大概就是在祖母去世时。这株栀子，是她在夏收农忙时节，煮饭的空暇手植的。

因为狗牙花，我开始观察了解广州的栀子，第一个发现的当然是两种植物的不同。继之则发现栀子的不同，黄蝉、白蝉的分别。

这就从植物学的角度解释了我的困惑：双栀子，单栀子。

我从老家带回一株已经扦插好的栀子种在阳台上。两三年后才开花，而且不多。长得太高。因为花少，不大舍得摘下来，就等着它在枝头开。不料它便干在枝头，而干花也别有风味，倒像铁艺的花一样，不失生气。曾经在一家江西菜馆里吃到过炒栀子花干，也别有风味。这都是我以前不知道的。

城市里种花，我还秉持着多年前乡下的管理方法，放手不管。开了两年的栀子最终死掉了，今年只好去花市买了一盆，枝繁叶茂，一头的花骨朵，一看就知花农花了不少的心思。但这一盆火速开过两三天之后也不开了，花骨朵发黄，掉了。

让我写下来的当然都是因为这些回忆，也有当我要回忆时，发现的种种变化。回忆一直与现实相依存。

2014.6.12

后记

关于《旅食集》

汪曾祺先生的《旅食集》，小 32 开，不足 300 页，广东旅游出版社 1992 年出版。十七八年后，我在中山大学的一家旧书店买到一本，其时，我旅食岭南也近十年了。

我曾经在《一条街道的神秘与忧郁》中提到过少年时代的阅读经历，从《成都晚报》上知道汪曾祺来四川开笔会的消息，大概正是在《旅食集》出版后。不曾想到，我后来与汪先生的作品有更近距离的接触。

上世纪 80 年代，“被出土”之后，汪曾祺写了大量的作品：小说，评论，散文……后者以游记最具特色，《旅食集》即其一。后来见到云南将他有关当地的文章编为《昆明的雨》，很有意思的编法，我在昆明时买到了。

改革开放时代,内地作家在香港发表作品是风气,这些喷发的作品有多少是刊发于香港?要问当时的编辑古剑先生。他不仅编发汪曾祺的文章,还有施蛰存、黄裳、柯灵、流沙河等大家的作品。他不仅在香港发这些人的文章,还联系台湾的媒体、出版社刊发、出版。他是那个年代内地文化人的知音。

听古先生谈往事,看作家学者给他的信件,那是编辑这个行当让人引以为荣的时刻。

一转眼,认识古剑这位隐居在珠海的香港文学前辈也有近十年了。十年中,读了他的两本书,为他编了一本书,知道了很多作家交往的秘辛,对这些作家的了解更为丰富,汪曾祺作家的身份里便增加了书画家的成分。古先生的书里记录了汪曾祺送他的作品以及背后的故事。曾经让一幅与我收藏,这张松鼠图,古先生曾写及:

> 回北京后,他即寄赠一册《晚饭花集》和一张画。此画甚有趣味:梅枝上伏一松鼠,瞪大眼睛专注下望。题:"八五年十一月二日晚炖蹄髈未熟作此寄奉

古剑兄一笑。汪曾祺六十四岁。”那只松鼠瞪大眼望的不正是未入画面的蹄髈吗？意在画外，令人莞尔。

去年，吴兴文先生在他的新著《书缘琐记》上写了一段话相赠：“很多人都不了解写作是一门技艺，就跟其他任何技艺一样，必须边做边学。”这张松鼠图，无论是从编辑还是写作者的角度看，正是“边做边学”的内容之一。

历来对风土感兴趣，客居岭南，随看随写，也积有几万字，最初编我的《旅食集》便是这些内容。更换为现在的篇目，已经在《今天的写作》一文里说过了，兹不赘。但取这个书名的缘由是打定主意要写出来。除了有致敬的含义，我这一代写作者的媒体经历，亦不能忘记。

可居丈、云庐老师平时指教极多，这次又为小书题签，谨志感谢。

丙申春分记于番禺

"采桑文丛"第一辑

《藏与跋》　　李　辉　著

《笺注：二十作家书简》　　古　剑　著

《天涯住久》　　刘荒田　著

《电影考古记》　　胡文辉　著

《我想变成一本书》　　王　璞　著

《雪夜闭门》　　王晓渔　著

《市井水浒》　　黄亚明　著

《旅食集》　　戴新伟　著